めっきとの出合に感謝
めっきと言う職業に感謝
めっきを天職と思う

苅宿充久

めっきの役割

金属がむき出しのままだと、腐食してしまう。腐食した金属は壊れやすくなるため、それを防ぐためにめっきをする。めっきをした部品（左）とめっきをしていない部品（右）

このような盾やメダルなどの表面が「つるぴか」になるようにするめっきを「装飾めっき」という ※写真の盾は、我が社でめっきしたものではない

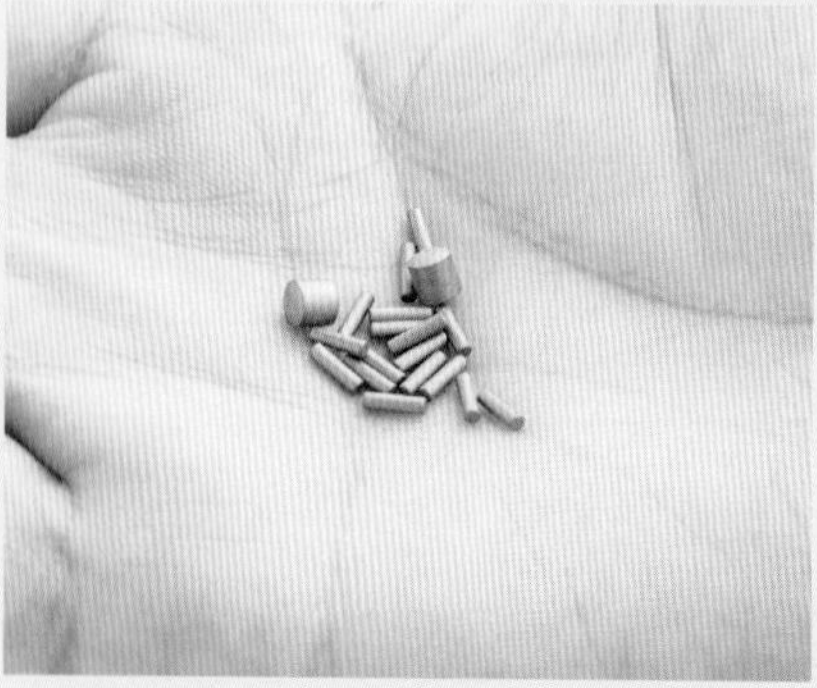

釣具のリール部品へのめっき。腐食を防ぐだけでなく、めっきをすることで強度が増す。こんな小さな部品へのめっきでも、我が社のめっきははげない

ビンの口金。ねじ溝のような凹凸のあるものに均一にめっきをするのも我が社技術のひとつ

めっきは「はがれない」ことが大切だが、金型のメンテナンスの際にはめっきし直しとなるため「はがれやすさ」も重要。その両方を兼ね備えているのが、我が社のめっきである

金型に製品が付着しないように表面処理をする。ガラス製品の場合、高温での作業となるため、以前はめっき自体が難しかった

新社屋・こだわりのポイント

本文にもあるとおり、新社屋建設にあたり、私が特にこだわっていたのが環境への配慮。これがひいては従業員の働きやすさにもつながっている。そのこだわりポイントとは、『ハヤテ式プッシュプルユニットとエアカーテン』。局所排気と遮断を効率よく行う。これは、産業用機器製造メーカーの株式会社ニックが、当社のために「局所排気装置」を大型にカスタマイズしてくれた。

めっき薬液の入った槽の上数十センチのあたりに強風を送ることで液体の強烈な酸の匂いを吹き飛ばしシャットアウトする。これがカーテンの役割となり槽のそばで働く従業員にも匂いす

本社工場。エアカーテンのおかげで工場内ではまったく刺激臭はしない。さらに扉を大きく開き、換気にもつとめている

ら感じさせない。吹き飛ばされた風は一か所に集められ、スクラバーという装置を通して臭気を浄化させてから屋上に設置された排気洗浄塔から水蒸気となって放出される。白い煙ではあるが、これは単なる水蒸気なのである。気温の低い冬場はもうもうとして見えるが、暖かくなってくるとあまり目立たない。

当社工場の1、2階部分は作業中開放されているが、付近に嫌な臭いをまき散らすこともなければ従業員が鼻血を出すこともない。これが私の理想とした〝めっき工場〟であったが、こんな〝めっき工場〟は当時非常に珍しかった。

なによりも、従業員が「こんなきれいな工場なら、誇りをもって子どもに職場を見せられる」と話してくれたのがうれしかったものだ。

屋上に設置された洗浄塔。ここから出てくる煙は水蒸気なので、もちろんまったくの無臭だ

工場入り口。周囲の住民から「え、ここめっき屋さんだったの？」と驚かれるほどに、匂いも騒音もなくクリーンさを保つ

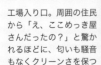

政治家との交流

都知事表彰記念 東京都鍍金工業組合城西支部パーティにて、挨拶をしてくださった板橋区長・坂本健（さかもと たけし）氏。我が社のイベントにもよく顔を出してくださる

2020年の東京都鍍金工業組合新年会にて、挨拶をしてくださった東京都知事・小池百合子氏。東京のものづくりの現場を応援し続けてくれている

住まいも近く親交もあり、板橋区に深いゆかりのある衆議院議員・下村博文（しもむら はくぶん）氏と（写真は下村氏の事務所にて、左が下村氏、右が著者）

小池氏ともまた、実は都知事就任前からの長い付き合い。気さくなお人柄は都知事に就任されてからも変わらない（中央が小池氏、後列右端が著者）

衆議院議員・太田昭宏氏が工場見学に来社。現職の国会議員が東京都鍍金工業組合員の会社を視察された

東京都鍍金工業組合城西支部 創立50周年記念式典にて
後列左より東京都鍍金工業組合理事・八幡順一氏、同理事・内田悦美氏、同理事・姫野正弘氏、同理事・神谷博行氏、衆議院議員・太田昭宏氏、衆議院議員・下村博文氏、全国中央企業団体中央会会長・大村功作氏、豊島区長・高野之夫氏、板橋区長・坂本健氏（前列中央が著者）

環境大臣・中川雅治氏（当時/中央）から環境省大臣執務室での意見交換会に呼ばれる。中川氏とは同氏が参議院議員に立候補された時から親しい（右から2番目が著者）

社長として、校長として、理事長として

社長室に閉じこもってばかりおらず、後進育成のため、今も工場の現場で社員への指導にあたる（手前が著者）

教職を夢見たこともあり教えることが大好きな著者は、東京都鍍金工業組合高等職業訓練校（めっき学校）校長としての責務も担う（めっき学校第43期の修了式にて）

2019年（令和元年）5月7日東京都鍍金工業組合、第53回総代会にて理事長に就任。ちょうど、著者が鍍金業界に足を踏み入れて53年目にあたる。“53”という数字にご縁があると感じた

三共鍍金株式会社創業者のひとり故・田中光熙（たなか みつひろ）社長の23回忌法要では、故人の出身地山口県萩市へ供養に出掛ける（左は、故・田中社長の英子夫人、右が著者）

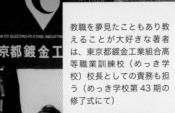

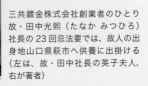

努力は実る、実らせる

～見習いから現代の名工へ～

三共鍍金株式会社　代表取締役
苅宿充久

東京図書出版

はじめに

こんにちは。三共鍍金株式会社の社長、苅宿充久です。

「めっき(鍍金)」という言葉は知っていても、それが自分の生活にどれほど関係があるのか、多くの人は知らないのではないだろうか。実は誰の家にも必ずめっきを施されたものがある。それも一つや二つではなくて、身の回りにあるあらゆるものにめっき技術が関与しているといっていい。それ自体は芸術品でも実用品でもないが、この技術がなければ現代人の生活は成り立たないのだ。

めっきは、ご存じのとおり表面処理のことである。製品の表面をつるぴかにするためのコーティング技術なわけだが、それが用いられているのはなにも金めっきのトロフィーだけではない。人々の目につかないところにめっき技術はふんだんに使われているのである。

たとえば、ガラス製品。ガラスを成型するための金型には、めっきが施されている。金属のままガラスを成型しようとすると、傷がつきやすく、そこから製品に色が入ってしまったりするからだ。その表面をなめらかにする役割を果たすのがめっきである。

さらに、その金型も使い続ければ傷みだす。その際はめっきを剥がし、新たなめっきを施す。そうすれば新しい金型を作らずに済み、ガラス会社のコストはぐんと抑えられる。つまりめっき会社というのは、ものづくりを陰で支える存在なのだ。

全国に1200社ほどあるめっき会社の中でも我が三共鍍金は、実はちょっと有名だ。というのも、かつてはガラスのような高温の作業に耐えることができなかっためっきを可能にし、かつ剥がれやすく修理しやすいめっき技術を開発したのである。他社にはない独自技術を編み出したことで、我が社は安定的に利益を上げ、成長を続けてきている。

そんなめっき業界に就職して53年目の2019(令和元)年5月17日、第53回の総代会において、私・苅宿充久は東京都鍍金工業組合の理事長に就任した。つまり、私は組合の発足した年に業界に足を踏み入れたことになる。しかも三共鍍金にとって私は創立以来53人目の社員。なんだか53という数にご縁があるのではないか。そう思うとなんとなく感慨深く、私のめっき業界人生を振り返ってみたのが、本書を書こうと思ったきっかけだ。

1966年(昭和41)年に三共鍍金に入社して以来、ほかの会社に移ることなく、がむしゃらに働き続けてきた。今の時代からすれば前時代的な働き方かもしれないが、家族や健康、趣味に遊びにと、なにひとつ犠牲にすることなく、楽しく過ごしてきたと自負している。

東京都にはかつて1200社ものめっき工場があったが、現在は280社にまで数を減らしている。このような組合員の減少の背景には、後継者不足というものづくり業界に共通する大きな問題があり、そこに歯止めをかけるべく私もこれまでさまざまな活動に参加してきた。東京都鍍金工業組合が主催するめっき学校、高等職業訓練校の校長として技術を継承していくのもそのひとつだ。だが、若い世代と接するにつれ、技術を継承するだけではなにかが足りないような気持ちになってきた。

そもそも、これまでめっき業界で後継者といえば工場経営者の子どもが世襲するのが当たり前であった。それが、現代では家督だからといって将来が決められている、なんていうのはナンセンス。跡取りがいたとしても必ずしもその人が家業を継ぐわけではないため、会社をつぶさないためには後継者を見つけるしかない。自社に跡目を継いでくれる人材がいれば万々歳、やる気のある若手社員にその期待をかけたいところだ。
とはいえ、我こそはというやる気のある人材にそう簡単に巡り合えるものでもないのが実情ではないだろうか。なにしろただでさえ〝3K（きつい、汚い、危険）〟のイメージすらある工場の仕事だ。私だってこの業界に入ったきっかけは家計のためであって、はじめからやる気に満ちて将来への期待にキラキラと目を輝かせていたわけではない。だが、働いていくうちに自分なりの〝やり方〟を見出していく。無理をしたこともあったが、そのときそのときにそれぞれ明確な目標があったためか辛いとは思わなかった。こうして気づけば、我が社のオリジナル技術を開発し、窮地を乗り越え先代社長から全幅の信頼を得るようになる。さらには会社を任されるに至ったのである。

まずは、新しく全国鍍金工業組合連合会の会長となった苅宿充久という人物はどのような男なのかを知っていただくとともに、どのようにして跡取りでもない人間がめっき工場の社長になったのか、その経緯をお伝えしようと思う。そして、本書を通じてめっき業界だけでなく多くの若者たちがものづくりのおもしろさ、なにもないところから人生を切り拓いていくそのヒントを見出していただければ幸いである。

努力は実る、実らせる～見習いから現代の名工へ～◆目次

第1章

〝ザ・昭和〟な幼少時代

貧しい生活

私は1949（昭和24）年9月20日、父・賢三、母・房子の長男として福島県相馬市で生まれた。父の仕事の関係で埼玉県川口市に移住し、幼少期を両親、父方の祖母・マス、弟妹（※弟は、妹が亡くなる4か月前に生まれている）とともに市内の元郷町というところにあった「元郷アパート」の一室で暮らしていた。

元郷町は荒川を挟んで東京都北区と接し、鋳物業が盛んだった当時の川口の中でも鋳物工場が特に多い地域にあった。時代は少し下るが、1962（昭和37）年上映の映画『キューポラのある街』では、主演の女優・吉永小百合が鋳物職人の娘役を演じ、その舞台となった川口は「鋳物の街」として全国的に知られるようになる。キューポラとは鉄の溶解炉のことで、川口では鋳物工場の屋根から突き出たキューポラ用の煙突が立ち並ぶ光景が見られた。しかし、時代の移り変わりとともに鋳物の需要自体が衰退し、川口でも今では多くの鋳物工場がマンションや駐車場などに変わり、昔の面影はなくなっている。なお、元郷町は市の土地区画整備事業により分割再編され町名はなくなったが、かつての元郷町およびその隣にあった領家《りょうけ》町、新井町にあたる地域の各一部が現在の元郷一丁目～六丁目となっている。

私たち一家が住んでいた元郷アパートは木造2階建てで、中庭をぐるりと囲むような構造になっていた。管理人が1階に住んでいて、部屋は1階に22戸、2階にも22戸あり、トイレと洗面台は共同利用であった。水道はあったが水回りの多くは井戸水を用いており、トイレは汲み取り式。洗面や歯磨きの時は井戸から汲み上げてきた水を使っていた。ごはんはかまどで米を炊き、そこに麦を混ぜたものである。割合は米3〜4割、麦6〜7割であったと思うが、我が家では米にすら事欠くことも多く、よく食べていたのがうどん粉でつくった「すいとん」である。今の時代ではなんてこともない卵かけごはんやカレーライスなんて当時はご馳走で、ほとんど食べたことがなかった。こうして改めて書いてみると、なんとまぁ質素な食生活だったなぁと思うものの、それでも家族そろって食べる食事はおいしくて、食事の時間はいつも楽しみであった。

部屋の中は6畳一間に加えて一畳ほどの台所があるだけで、風呂はなかった。暮らしは貧しかったため、すぐ下の妹の典子が生まれると、当時5歳だった私はしばらく母の実家に預けられることになった。母の旧姓は林といい、実家は福島県沿岸北部の相馬郡にある新地村（現新地町）の真弓水神という地域にある。当時は、母の弟で林家の長男である茂男叔父さん一家が暮らしていた。ここで過ごしたのはほんの半年ほどのことだが、私にとって大事件があったのでそのことは鮮明に覚えている。

大やけど事件

まだ寒い時期だった記憶があるので、おそらく2月ごろだと思う。家の中で猫を追いかけていた時に、小豆をぐつぐつ煮込んでいた囲炉裏の鍋に頭から突っ込んでしまったのだ。あとから叔父に聞いた話によると、囲炉裏から大きな白い煙がもくもくと一気に立ちのぼったそうで、たまたま縁側の修理に来ていた大工さんたち数人が煙に気がつき助け上げてくれたのだった。しかし当然のことながら私は頭に大やけどをした。家族と離れさびしく暮らしていたはずなのに、この時私はなぜか一言も「お父さん」「お母さん」とは口にしなかったという。子ども心に、親に迷惑をかけたくないと思ったのだろうか。ただ涙をこらえながら「熱いよ、死んじゃうよ」の言葉だけだったと、のちに叔父が教えてくれた。もし大工さんたちがいなかったらもっと大変なことになっていたかもしれぬ。頭のやけどだけで済んだのは不幸中の幸いであった。

ただ、やけどで左耳が頭にくっついてしまい、その治療のために茂男叔父さんに連れられてあちこちの病院をまわった。茂男叔父さんは仙台市の旧国鉄長町《ながまち》駅で貨物列車関係の仕事の管理職をしていたこともあり、旧国鉄職員やその家族が利用できる仙台鉄道病院（現JR仙台病院）など、いくつか仙台市内の大きな病院で診てもらったが、頭にくっついた左耳をはがすことはできなかった。半年も経ったころには医者から、やけどで部分的に頭の皮膚の細胞が死んでしまったため、そこにはもう髪の毛が生えないといわれた。やけどのせいで頭と耳がくっついたばかりか、さらに髪の毛が生えてこないところがあると聞いて5歳児の私は大きなショックを受けたのであった。

当時は大変落ち込んだものだが、かの有名な野口英世博士も赤ん坊の時に福島県の生家で囲炉裏に落ち、左手の指が全部くっついてしまう大やけどをしたという。以後、勉学するにも苦労したそうだが、その困難をバネに医学の進歩に大きく貢献する偉業を成し遂げた。私も頭ではなく手を囲炉裏の鍋に突っ込んでいたら、今ごろは野口博士並みの偉業を成し遂げていたかもしれない、なんて話を、今ではネタにして笑っている。

実家に戻って

このころ、川口の実家にいた祖母のマスが亡くなった。祖母は福島県の相馬にある潟湖、松川浦近くの出身で、実家は菊池亀松という代議士の本家筋にあたる。祖母の訃報は福島の茂男叔父さんのところにいた私のもとにも届き、いったん川口に戻ることになった。その時はまだやけどのために白い包帯を頭にグルグル巻いていたので、その姿を両親が見たら驚いてしまうのではないかと内心ドキドキした。しかし、実は私よりも茂男叔父さんの方が慌てていたようだ。というのも、叔父さんは川口の父や母に私がやけどしたことを一切、伝えていなかったのだ。現代のように携帯電話があればすぐに伝えられたはずだが、当時はもちろん携帯電話はないし、そもそも電話自体がどこの家庭にもあるというわけではなかった。父と母にはそれまでの私の近況を知らせる手紙さえも送っていなかったので、川口に戻ると両親は思いもよらぬ我が子の姿に言葉を失っていた。しかし、命に別状はなく、顔もなんともなかったので、みなひと安心したようである。その後、本格的に川口に戻ることになり、地元の市民病院に通っているうちに、自然と頭から左耳がはなれたので心底安心したものだ。

元郷アパートでの生活

叔父の家では何不自由なく過ごしていた私だったが、祖母が亡くなった後も実家は依然として家計は苦しく、また家族とともに元郷アパートでの貧しい生活が始まった。質屋には母とともにかなり頻繁に行っていた。幼かった私には質屋がいかなる商売をしているのかわかるはずもなかったが、6歳くらいのころには、母が「質」と書いてある青い暖簾の掛かっているところに祖母の嫁入りの時の着物を持ち込んでお金をもらっている、ということは理解していた記憶がある。

当時は毎日、明日のお米の心配をする生活で、戦後ながらもお米の配給を受けたり、米屋に代金を払えなかったりということもあったそうだ。小学生になってから聞かされた話だが、近所の吉田米店には支払いを待ってもらうなど、よく助けてもらったという。

ただし、そんなことは気にもせず、私は近所の子どもたちといっしょに外でよく遊んだ。遊び場となったのは、アパートに隣接の広場、近所の空き地、草むら、池といったところである。ビー玉、ベーゴマ、野球、ザリガニ釣りやトカゲの卵をとったりしていた。トカゲの卵なんてとってどうするのか？　というと、この卵は弾力があり、よく弾むのでおもしろいのだ。小学校に持っていって女の子に見せるとキャーキャー言うので、よくからかったりしたものだ。トカゲにしてみればいい迷惑であったろう。

また、近所にあった田んぼの跡地に小川が流れていたので、だれかからもらった四つ手網を使って魚をとったり、冬はその田んぼの跡地で走り回ったりしていた。雨の日は外で遊べなかったが、元郷アパートの中廊下は馬跳びをするのに十分な広さがあった。どんなときもそれなりに工夫して、とにかく遊ぶことには不自由せず、その場に

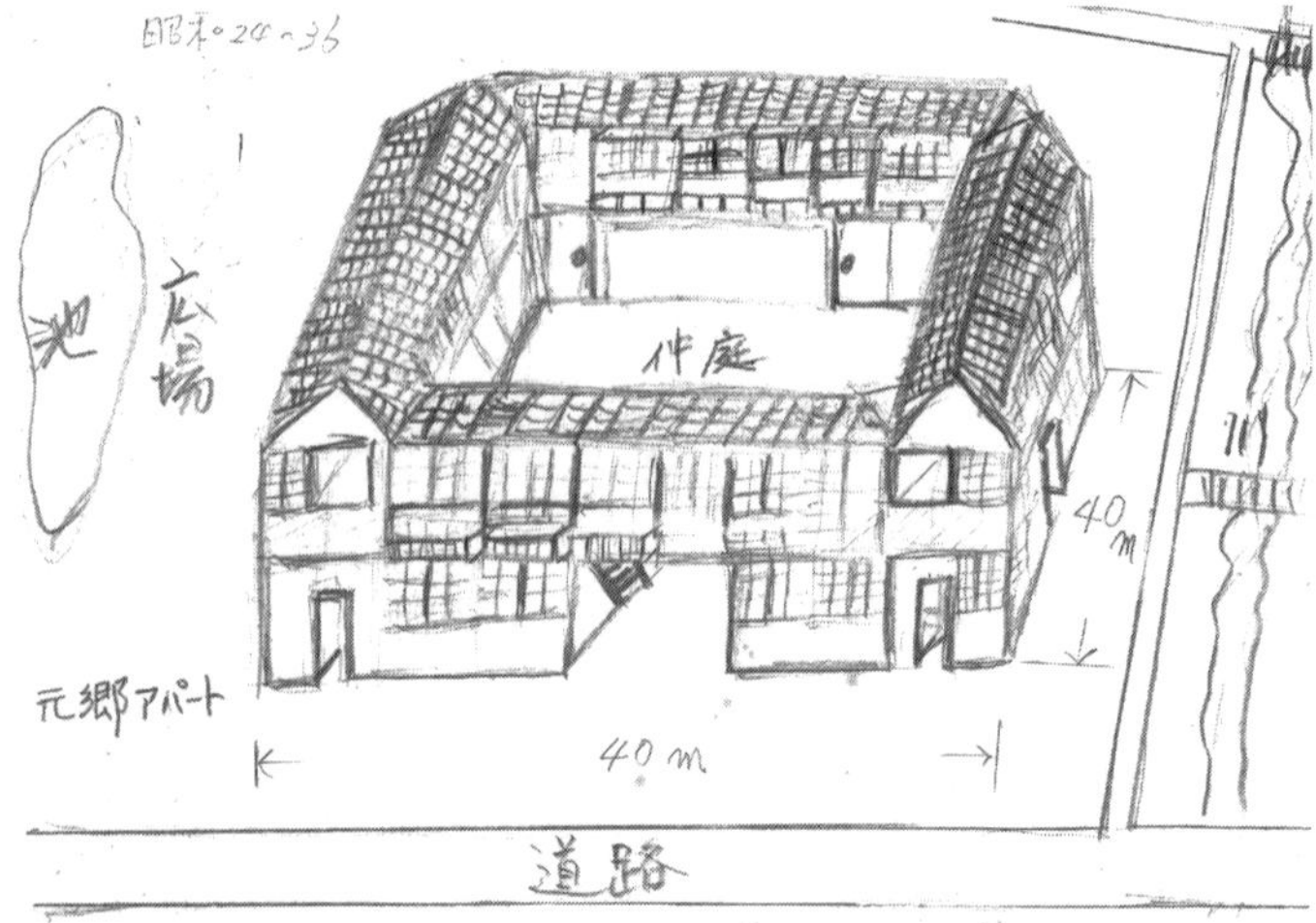

昭和24年から昭和36年ごろまで住んでいた元郷アパートを描いてみた。中庭があり、近くに池や川もあって遊び場には事欠かなかった

与えられた環境の中で遊びを見つけ出しては楽しく過ごしていたと思う。幼少期は物質的には貧しかったかもしれないが、私の記憶の中では子どもらしく楽しい日々であった。

テレビの思い出

同じ元郷アポートの住民にもお世話になった。子どものころは3軒隣に住んでいた吉田さん一家の部屋にお邪魔してテレビを見せてもらっていた。私が小学校4、5年生のころだろうか。当時はまだ白黒テレビで、それもほんの一部の家庭にしかなく、電気屋さんの店頭に置いてあるテレビの前に人だかりができたり、テレビがある家に近所の人たちが集まり、みんなでいっしょに見たりという光景がよく見られた。街頭テレビなどではプロレスになると人だかりがすごかった。ちょうど戦後のことである。日本が戦争に負けた相手を力道山の敵役に見立てるのか、最後に力道山が空手チョップで相手を倒すと大きな拍手が沸き起こった。

私にとってのテレビ初体験は、吉田さん宅で見せてもらった『快傑ハリマオ』である。一家には、よしき君という子どもがいて、テレビを見るときはいつも近所の子どもたちが集まってよしき君の選んだチャンネルを見るのだ。見せてもらった番組は『快傑ハリマオ』のほかに、『月光仮面』、『スーパーマン』など、いわゆるヒーローものだ。当時はまだアニメはなく、いずれも実写ドラマであった。

『快傑ハリマオ』は、太平洋戦争直前の東南アジアを舞台に日本人の主人公〝ハリマオ〟が活躍する冒険劇だ。ハリマオは頭に白いターバン、黒いサングラスといういでたちで馬に乗り、東南アジア征服を企む組織の活動を阻むべくピストルを武器に戦う。テーマソングは当時、人気絶頂であった歌手の三橋美智也が歌っていた。物悲しさも感じさせる歌声に、駆ける馬の蹄音がBGMと合わさったオープニングソングを今でもしっかり覚えている。

主人公のハリマオのモデルは戦前にマレー半島で盗賊団を率い、義賊として有名になった谷豊《たにゆたか》という実在の人物で、谷は実際にマレー語で虎を意味する〝ハリマオ〟と呼ばれていた。こんな話もまた、子ども心を揺さぶり夢中にさせるかっこいいストーリーなのであった。

『月光仮面』は、正義の味方〝月光仮面〟が悪人を退治する勧善懲悪劇だ。主人公の月光仮面もこれまた頭に白いターバンを巻き（ターバンが流行っていたのだろうか）、覆面にサングラス、白いマフラー、白いマントといういでたちで、どこからともなくオートバイに乗って現れる。放送当時は大ブームとなり、番組の放送中は銭湯から子どもがいなくなるといわれるほどであった。

『スーパーマン』は、主人公の新聞記者クラーク・ケントが超人的パワーを持つ〝スーパーマン〟に変身して人助けをするというアメリカのドラマで、私はその日本語吹替版を夢中になって見ていたのだ。テレビを初めて見た時は、画面の中で人が動いたり、しゃべったりすることにびっくりしたもので、なにを見ても感動したのかもしれない。とはいえ、ヒーローものはとにかく私の心をとらえて離さなかった。

今思えば、よしき君のお父さんがサラリーマンで収入が安定していたからテレビが買えたのであろう。その後、テレビが一般家庭に普及するきっかけとなったのが、1959（昭和34）年4月に行われた、当時の皇太子殿下（現明仁上皇）と正田美智子さんとのご成婚記念パレードだった。みんなそのパレードの実況中継を見たいがためにテレビを買ったのだ。我が茢宿家もこのときにとうとうテレビを買っている。当時はまだ白黒テレビの時代で、日本でテレビのカラー放送が始まったのは1960（昭和35）年からである。

働くことも日課

そのように楽しく遊びまわる一方、家にいる時は母の内職を手伝っていた。洋服の値札に糸を通して結ぶという簡単な作業だ。その稼ぎは値札一件につき10銭とか20銭というレベルだったので、たいして家計の足しにはならなかったのではないか。それでも数をこなせば金額もそこそこになる。毎日せっせと、夜8時ごろまで母を手伝った。手とともに口も動かし、母に近所の子どもたちとのたわいない日々の出来事を話して聞かせたりして、特につらかった記憶ではない。母はまるでラジオでも聞くように、手は黙々と動かしながら私の話に耳を傾け、ときおり相槌をうつ。その様子を見て、またあれこれ話をする、それが私の日課だった。

小学校3、4年生のころは、少しでも家計を助けるために学校が終わると鉄クズ拾いをして小銭をもらうこともあった。家計が第一でもあるが、これは自分の小遣いにもなっていた。というのも、当時は自転車に乗る練習もしていたが、経済的にギリギリの生活では自転車を買ってもらえるはずもなく、1時間10円で近所の自転車屋から自転車を借りていた。時計を持っていないので、練習時間はヤマカンで測るしかない。ペダルをぐっと踏みしめると風のように疾走する爽快感。自分で稼いだお金でできる贅沢である。常にお腹を空かせていたが、それでもこの感覚のために働いたお金をつぎ込んだ。親におねだりをするなんて、考えもしない。欲しいものはいつも自分で働いて手に入れるのが当たり前であった。

5年生のころには母が地元の老舗味噌屋『田中徳兵衛』の田中家で家政婦として働き始めたので、保育園に通う弟のお迎えが私の仕事に加わった。学校から帰ると弟を迎えに行き、帰宅したら家族の洗濯物を木のたらいと洗濯板でがしがしと洗うのが私の仕事。それでもちゃんと思い切り遊んでもいて、とにかく1日という限られた時間をめいっぱい充実して過ごしていたのである。

父のこと

小学生の長男すらも家事に仕事にとなにかと駆り出す生活であるにもかかわらず、酒好きだった父は３６５日、１日も欠かさず外で酒を飲んでいた。父は私が５歳くらいのころには鋳物製の五徳の担ぎ売りの仕事をしていたが、そのうち住宅設備メーカーであるサンウエーブ工業（現ＬＩＸＩＬ）の下請け工場で経理の仕事をするようになった。

父が働いていた工場ではステンレス製の流し台のバフ研磨（表面処理）を行っていた。そのころはちょうどステンレス製の流し台が一気に普及した時期にあたる。普及のきっかけとなったのは、サンウエーブ社が１９５６（昭和31）年に日本で初めてプレス機によるステンレス製の流し台の製造に成功したことだ。それは大量生産ができるようになったことを意味する。なにしろ、それ以前のステンレス製の流し台は職人がひとつひとつ手作業で加工していたのだ。プレス機で製造された流し台は、１９７２（昭和47）年から入居が始まった旧日本住宅公団（現都市再生機構）が東京・

晴海に造成した晴海団地に導入されたのを皮切りに、一般家庭にも急速に普及した。そういう時代背景を考えると、父が働いていた工場自体は景気がよかったはずだ。給料が安かったのか、それとも稼ぎは酒代に消えていったのか、子どもだった私には知る由もない。ただ、そのころからは以前より生活が少しばかり楽になったような気がした。

父は外で飲むことが多かったし、ふだんは極端に寡黙な人物であったので父との思い出は少ない。この貧しさゆえ、カメラなどももちろん持ち合わせていない。家族で旅行をしたり、まして記念写真を撮るといったこともなかったし、（私は遊びに仕事に忙しかったし）あまり父と共に過ごした思い出がないのである。

弟妹との思い出

私が小学校の2〜3年生くらいだったと思うが、妹の典子が夏の暑い日に赤痢で亡くなってしまった。来年から小学校に通うことになっていた矢先の出来事だった。妹がまだ小さかったころ、母の忙しいときに代わりにおぶったその重みを思い出しては寂しく感じたが、小さな子どもがこうして亡くなることも珍しくない時代のこと。母の房子が取り乱して泣いたといった記憶はないが、晩年「娘が生きていれば」とよくこぼしていた。気丈に見えた母もやはり最後まで娘のことを忘れたことはなかったのだ。

弟の英孝は典子が亡くなる4か月前に生まれた。弟と私は幼かったころ、たびたびそろって押し入れに寝かされた。というのも、父が酒を飲んでから帰宅する時は必ず家に誰かを連れてきたからだ。我が家は六畳一間に台所という狭いアパートの一室である。そこにお客さんが子どもの寝る時間にやってくるわけだ。そうなると、私と弟は押入れで寝るしかなかったのだが、薄暗い押し入れの中、隙間から差し込む白熱灯の光と、こんなときだけ饒舌になる父の笑い声を聞きながら、弟と2人で息をひそめるその空間は子どもだけの秘密基地のようにも思え、それはそれで楽しみでもあった。

弟は身体が弱く、よく病気になっていた。当時は一般の家庭まで電話が普及していない時代であったため、弟の具合が悪くなると、母から近所のお医者さんに往診をお願いしてくるように言われ、元郷アパートから7、800メートル先にあった柴田医院や佐藤医院に走っていった。電話もなければ救急車も気軽に呼べない時代。時間外にもこうして駆け込んでくる患者がいるので、町医者もまた、なかなか過酷な時代だったのではないだろうか。おかげで弟はちゃんと成人することができている。

余談と余談

こうして医者まで走ることが多かったせいで自然と脚力がついたのだろうか、身体は小さかったが小学1年生から6年生まで、私は運動会の50メートル走で負けたことがない。だから運動会は小学校時代の一番の楽しみでもあった。得意の50メートル走は3着までにゴールするとノートや鉛筆などの賞品がもらえたので、特にやる気と競争心を刺激された。賞品といえば、夏休みのラジオ体操でも1日も欠かさず参加すると鉛筆やキャラメルがもらえた。私の子ども時代にはだれもがこうしたご褒美に大喜びしたものだ。

余談だが、今の時代は物があふれているためか、鉛筆やキャラメルではあまりありがたがる子どもも少ないという。また、特定の子どもに賞品を与えるのは差別につながるという声もあり、賞品を出すことを廃止するようになったとも聞く。それだけでなく、学校行事そのもののスタイルが私の子どものころとはずいぶん変わっているようで、運動会では順位や勝ち負けを競わず、かけっこでもみんなで和気あいあいと同時にゴールするという学校もあるとか。今の子どもたちはそういう環境の中で育っているせいか、〝くやしさ〟というのが見えてこない。私の娘の子ども時代、小学校の運動会を見に行ったとき、かけっこでビリなのにへらへらと笑いながらゴールする少年を見たことがあるが、彼の姿からは「くやしい」という気持ちが微塵も感じられなかった。私自身、「負けてくやしい」という気持ちから、ふんばってがんばって結果を出した経験があるからか、その気持ちは人を成長させると思っている。だが、勝ち負けのない運動会ではそもそも負けることがなく、くやしさも湧いてこないだろう。昔の運動会のようにみんなでハングリーに競い合うことも子どもの教育にとって大切なことではないだろうか。そんな思いを娘の担任の先生に話したこともある。

第2章

小学生のころ

もめごとの勃発

当時は高度経済成長期とともに人口も増える一途の右肩上がりの世の中であり、戦後のベビーブームで子どもの数もとても多かった。それが今でいう〝団塊の世代〟である。私の通った小学校は一学年に5クラスもあり1クラス40人、中学は1クラス50人で8クラスもあった。そんな中でも、思い出深いエピソードがいくつかある。

小学3年生の3学期のある日、学校の帰り道に別のクラスの児童とケンカをして相手を道路の側溝に突き落としてしまったことがある。やけどのせいでできた頭のハゲを馬鹿にされたのだ。嫌がる私に、執拗に「ハゲ、ハゲ」とはやしたてる。今で言えばいじめのようなものだろうか。ささいなことではあったが、それまでハゲがあることを他人から1度もからかわれたことがなかったので、ついカッとなり相手を突き飛ばしたら側溝に落ちてしまったのだ。その2、3日後、ケンカ相手の母親が学校にやってきて、突き飛ばした犯人を探し出すために面通しが行われることになった。私のクラスにもやって来て、担任の先生やクラスメイトたちの前で彼は私を指さした。その時の担任は女性の根本先生だった。

犯人は私だと判明したわけだが、普段の私を知っているクラスメイトたちが口々に

「理由もなく突き飛ばすはずがない」と先生に訴えてくれたのはうれしかった。しかし、理由はどうあれ暴力は絶対にダメだということで先生に叱られ、彼に謝ることになったうえに３学期の通信簿はオール２という低い評価となってしまった。手を出してしまったことは確かに私が悪い。しかし先に私の身体的特徴をネタにしつこくからかったほうにはなにもお咎めがなかったことがどうしても腑に落ちず、くやしくてしかたがなかった。まったく腑に落ちない、もやもやした気持ちのまま３年生を終えることになった。

私を変えてくれた結城先生

４年生になるときにクラス替えがあり、私は４年１組になった。担任は結城忠彦先生である。埼玉大学を卒業したばかりの若い先生で、初めて担任を受け持つのが私のいた１組だった。実際に授業が始まると、いわゆる体育会系タイプの元気あふれる先生であった。特に印象的だったのが、体育の授業で50メートル走のタイムを測る時に、先生が「自分も」と児童たちとともに走った時のことだ。ものすごく足が速く、驚いた。手動で測ったタイムではあるが、5.9秒と現役のアスリート並であった。

そのように、生徒との距離が近い先生が担任だったので、３年生の時のケンカの一件ですっかり落ち込みふさぎ込んでいた私は180度変わった。休み時間は結城先生が教室に来る直前までベーゴマで遊んだり、いたずらをしたり、暴れ回るようになった。さすがにクラスメイトたちのイスに画びょうを置くいたずらをした時はみっちり叱られ、仲間3人、両手に水の入ったバケツを持たされ廊下に20分くらい立たされたが、良くも悪くも活発な子どもだった私と、体育会系タイプの結城先生は馬が合ったのだと思う。先生にはなぜ私の3年生の3学期の成績がオール2だったのかも理解していただき、本当にありがたかった。結城先生との出会いは、私にとってまさに「捨てる神あれば拾う神あり」という言葉がピッタリであった。先生に出会わなければ楽しい小学生時代を過ごせなかったのではないかと思われるほど、印象的な先生だ。

生涯にわたる〝師の教え〟

6年生の夏休みには、結城先生が宿直当番の日に友人の内田君、渡辺君らとお菓子をトレパンに詰めて学校に行き、先生と一緒に用務員室で泊まったこともある。その時は学校に事前報告せず、許可を得ることなく泊まったが、もちろん、本来それはいけないことなのだろう。だが、現代と比べユルい時代であったこと、また、そういうときにも気安く歓迎してくれる結城先生との〝コンボ技〟で実現した、かけがえのない思い出だ。大好きな先生や気の置けない友人たちとたわいもない話をして過ごしたことが、約60年経った今も鮮やかに思い出されるくらいだから、その楽しさがいかばかりか、はかり知れるのではないだろうか。

また、結城先生の言葉に励まされたこともある。これもやはり6年生の時のこと。私は足の速さには自信があったが、50メートル以上になると後半で差をつけられてしまう。背が低いために歩幅も短く、後半になるとその不利を補うための体力が続かないのだ。市民体育大会の小学校代表を決める百メートル走の選抜では3位になってしまい、補欠となってしまったときのこと。悔しい思いをしていた私に結城先生は「おまえはねばり強いから、長距離もいける。あきらめずがんばれよ。川口小学校駅伝ではアンカーでいくからな」と声をかけてくれた。川口小学校駅伝とは、その名の通り、川口市内の小学校対抗の駅伝大会で、当時は川口オートレース場の近辺で行われていた。大好きな結城先生に声をかけてもらえたおかげで、がぜん駅伝大会に向けてやる気が湧いてきた。このときに、たとえなにかで挫折しても、ほかの場面や方法で成功することができる、ということを教えてもらったのだと思う。

ちなみに、クラスで常にライバルであった斉藤悟郎くんは地元の川口で『悟楼《ごろう》』という中華料理店を経営しており、私は定期的に家族全員を連れて食事をしに行っている。私も斉藤くんも、小学生当時の面影はまったくない。お互いにすっかり風貌は変わってしまったが、大会出場をかけて競った友との縁は今も変わらず続いている。「ライバル」ってなんかいいよね、というお話である。

当時の川口

そのころは自然災害にも遭った。私が小学校3年生だった1958（昭和33）年の9月に発生した狩野川台風のことだ。この台風で川口市内を流れる荒川の支流、芝川が氾濫した。市内の大部分が水没し約9千戸が冠水被害を受けたと聞いた。私たち一家が住んでいた元郷アパートの1階も床上浸水し、1階の住民たちは2日間くらい2階に避難せざるをえなかった。

5年生くらいのころからは、保育園に通わせていた弟を母に代わって迎えに行くようになった。母が味噌の卸売店「田中徳兵衛商店※」を営む田中家でお手伝いさんとして働くようになったからだ。この田中家は川口では名家として知られている。歴代当主は代々「徳兵術」を襲名し、明治時代の当主、4代目徳兵衛が材木業で成功を収めた。さらに、県議会議員や貴族院多額納税者議員を務めるなど政界にも進出し、次代の5代目徳兵衛も戦後に川口市長を務めている。現在、川口市の末広一丁目に「旧田中家住宅」という史跡があるが、これは4代目徳兵衛が大正時代に建てた田中家の邸宅である。当時としては珍しい本格的かつ豪華な洋風住宅で、1934（昭和9）年には和館も増築している。

そんな〝すごい〟家でお手伝いをしていた母は、3時の休憩の時間に出されるおやつを食べずに毎日私と弟のために持ち帰ってきた。それは羊羹やカステラなどで、当時の我が家ではとても珍しく（お菓子の名前も大人になってから知った）、弟と2人、今日はどんなお菓子だろうかと母の帰りを待ちわびたものだ。今でも羊羹やおまんじゅうを食べると、夕暮れどきに薄暗くなりつつある空を見上げながら弟の手を引いたあの瞬間をふっと思い出すことがある。

※田中徳兵衛商店
当時の田中邸の住所はまだ旧町名の十二月田町（しわすだちょう）だった。そのころの田中家は6代目徳兵衛が中心となって事業を手がけていたようだ。後年、田中邸には茶室や庭園もつくられたが 時代とともに老朽化が進み、また文化施設として保存したいという6代目徳兵衛の意向もあって川口市に寄贈された。２００６（平成18）年には国の登録有形文化財に指定され、現在に至る。余談になるが、田中徳兵衛商店は現在、セントラルグループという企業グループに変貌を遂げ、昔ながらの味噌の卸売りに留まらず、自動車販売、保険代理業、物流、コミュニティFM放送など、多方面で地元・埼玉を中心に事業を展開している。すっかり現代的な企業になったが、１９９７（平成9）年からセントラルグループの代表を務める田中家当主も七代目徳兵衛を襲名し、また田中徳兵衛商店の屋号も味噌の卸売りを手がける傘下企業にそのまま受け継がれている。

第3章

就職か、進学か

中学時代

小学校卒業後は近所の川口市立元郷中学校に入学した。さっそく陸上部に入り、長距離走の選手を目指すことにした。小学6年生の時に結城先生の勧めで出場した駅伝大会のために長距離走の練習をかなりやっていたからだ。しかし、1年生の途中で休部をすることになった。練習で走り過ぎたせいなのか胃を悪くしてしまったのだ。なにごとにも打ち込みすぎる性格はどうやらこのころから。しかし2年生になると体調も回復したし、とにかく動くことが好きなため、今度は陸上のマラソンはやめてサッカー部に入りなおし卒業まで続けた。なにか悪いことがあってもすぐに気を取り直して立ち上がるのもまた、このころからである。

その当時、私たち一家は元郷アパートから引っ越した。私が中学1年生の時、元郷アパートが老朽化により傾いてきたので住民たちは立ち退きを迫られたのだ。しかし、立ち退くためのお金のめどが立たない世帯が、私たちを含め6軒ほど残ってしまった。その状況を知った当時の市議会議員、宇田川駒次郎氏が動いてくれた。宇田川氏が安い市有地の斡旋に奔走し、そのおかげで皆、立ち退くことができた。私たち一家は立ち退き先に新居を建て、そこに晴れて引っ越したのである。新居といっても

２ＬＤＫの小さな風呂なしの平屋である。場所は同じ川口市内の弥平三丁目だったので、父もそれまでの仕事を続けることができ、私も転校せずにすんだ。ちなみに、宇田川氏は民生デイゼル工業（ＵＤトラックス）の労働組合出身で当時の民社党に所属していた人物である。後に埼玉県議会議員も務められている。

家のため、将来のため

当時の私は中学を卒業したら就職しようと考えていた。家が貧しかったので「とにかく早く働きたい」という思いがあった。なにしろ、中学の夏休みにも少しでも家計の足しに、と風呂釜の部品の銅素材の折り曲げをプレスするアルバイトをしていたくらいだ。当時は朝８時から夕方の５時まで働いて３００円の日当。ちょうど日本の高度経済成長期にあたり、物を作れば売れる時代だったので、「人手ならいくらでも欲しい」という企業ばかりだった。このプレスの仕事も、元郷アパート時代の隣人の会社で人手不足だから、と駆り出されたものだ。特に中卒で働く若者たちは「金の卵」とまでいわれて重宝され、当時の流行語にもなった。

しかし、私が働くのはなにも家計のためだけではなかった。母が「これからの時代は高校くらい出ておくべき」と進学を強く勧めるので、進学することに決めたからだ。高校に行くには入試に合格する必要があるのはもちろん、学費のことも考えねばならない。うちにはそのような余裕はなかったので、あらかじめ自分で働いてお金を貯めておかなければならなかったのだ。かくして私の生活サイクルは遊びに仕事に勉強に、となっていく。

バイトの思い出

そういうわけで、受験をひかえた中学3年生の時でも、日曜日は朝5時に起きて荒川の河川敷にある川口市の浮間ゴルフ場や川口ゴルフ場でキャディのアルバイトをしていた。どちらもかつて住んだ元郷から歩いて30分ほどのところである。ゴルフ場に出勤したらノートに自分の名前を書き、お声がかかるのを待つ。お客が来るとノートに書かれた順にキャディの名前が呼ばれ、ゴルフバッグを運ぶことになっていた。稼ぎは運ぶゴルフバッグの数で決められたので、担当するお客の人数が多ければその分ありがたい。たいてい1人か2人だが、2人だと稼ぎも増えるというわけだ。ゴルフバッグを1つ運ぶ場合はワンバッグ、2つ運ぶ場合はツーバッグという具合にカウントされ、もらえる金額はワンバッグで500円くらい、運よく2人連れのお客を担当できればツーバッグで800円になった。4名のグループのお客を担当した時は、「チョコレートを賭けているから、おじさんが勝ったら君にあげような」なんて言われ、本当にチョコレートをもらえたこともある。

当時、そのゴルフ場の利用客はみんなセドリックやベンツなどの高級車で来ていた。それを見て、ゴルフはお金持ちで派手好きな人がやるものなのだと思った。今は当時と比べるとゴルフもだいぶ一般的なスポーツになったので、ゴルフ場の利用客もいろいろだとは思うが、それでもやはり高級車で乗り付ける客が多いのではないか。テニスもまた、当時の皇太子様と美智子様がなさる高貴なスポーツという印象で、そういうスポーツは生まれついての不器用で愚直に生きてきた私の性に合わないと思いやらなかった。スポーツならなんでもござれ、の私ではあるが、歳を重ねた現在でもゴルフは一度もやっていない。

高校時代

そうして自力で学費を稼ぎつつの受験勉強はどうにか功を奏し、ともかく私は高校に進学することができた。１９６５（昭和40）年４月に入学したのは現在の川口市立高等学校である。前身である埼玉県川口商業高等学校※は、夜間は定時制の川口市立県陽高等学校であったが、ちょうど私が入学した年から普通科を新設すると同時に校名を「川口市立川口高等学校」と改称したため、私たちはその一期生ということになる。当時はまだ生徒の進路実績はなかったが、進学支援にかなり力を入れていたように思う。現在は特別進学クラスも設置され、さらに進学支援を強化しているようだ。

晴れて高校に入っても、私は相変わらず働いていた。1年生のとき川口駅近くの明治乳業の牛乳配達店でアルバイトを始めた。通学にバスを使わざるをえなかったので、そのバス代を稼ぐためだ。毎朝5時に起き、ビン入りの牛乳とコーヒー牛乳、あわせて木箱6ケース分を自転車で川口駅のホームにある売店に届け、それまでに飲まれた空ビンを回収する。ビン入り牛乳は今ではめったに見かけないが、そのころは朝の駅のホームでサラリーマンが売店で牛乳を1ビン買ってその場で朝食代わりに飲み干すのが日常風景であった。当時のサラリーマンが通勤途中に買えるのは駅の売店で売っている牛乳やパンくらいしかない。今の時代はどこにでも自動販売機やコンビニエンスストアがあり、いつでもいろんな物が買えるが、当時はそういう便利なものは普及していなかった。配達先の売店は上り線ホームと下り線ホームの2か所にあった。各店にそれぞれ牛乳を2ケース、コーヒー牛乳を1ケース、あわせて6ケースを届けることになっていた。つまり、上り線ホームにつながる階段と下り線ホームにつながる階段の両方をそれぞれ往復して配達や空きビン回収をすることになる。それは体力的にはきつい仕事であった。ちなみに、駅の売店が「キヨスク」と呼ばれるようになるのは１９７３年のことで、私がアルバイトをしていたころよりずっと後のことである。

学業と仕事の両立

私が高校1年生だった１９６５（昭和40）年8月、父が黄疸を患い倒れた。酒好きで肝臓を壊したことが原因である。近くの安日医院という評判の良いお医者さんで診てもらい、父は半年にわたって療養することになった。当然、その間茢宿家は大黒柱を失うことになる。加えて、元郷アパートから引っ越す際に建てた家のローンの支払いが残っていた。そういう状況では高校の学費まで払える余裕はないと考え、私はその年の12月に高校を中退した。働きながらあんなに苦労して入った学校だったのに、と母はひどく悔しがったが、そこはもうどうにもならない。とにかく自分が働かねば家族が、とそのことばかり考えていた。

働くのはいいとして、少しばかり今後のことを冷静に考えたくもあり、翌年の1月から2月までは福島県新地町の母の実家に行っていた。やけどを負った、囲炉裏のあるあの家である。当時もそこに母の弟の茂男叔父さん一家が暮していた。この時、茂男叔父さんは私に定時制高校に入りなおすことをすすめてくれた。「せっかく進学校に通っていたのに、このままではもったいない」というのである。このころには高校くらい出ておかなければ、という風潮があったのも確かだが、実は私も勉強がしたいという気持ちがあり、その言葉はなによりもありがたかった。定時制高校に通えば昼間は働くことができ、学費の問題も解決する。それなら私もまた高校に通えるのだ。

そんな希望を胸に川口に戻ると、私を働かせてくれるというめっき加工会社を紹介された。その会社こそが、後に私が代表取締役社長を務めることになる三共鍍金株式会社である。当時、母の3番目の妹・幸子叔母さんと、これまた母の2番目の妹の夫の加藤哲夫叔父さんが三共鍍金で働いていたため、その縁で高校を中退したばかりの私のところに話がきたわけだ。

そういうわけで、東京都板橋区の三共鍍金で面接を受け就職すると同時に、埼玉県立浦和高校の定時制クラスの2年次への編入という形で入学した。1966（昭和41）年の4月のことである。

※埼玉県川口商業高等学校
いくつかの学校が統廃合され、２０１８（平成30）年４月から「川口市立高等学校」となった我が母校。スポーツ方面では野球部がなかなかの健闘を見せ、甲子園出場経験こそないが、埼玉県の大会ではたびたび好成績を残している。出身者には、プロ野球・読売ジャイアンツの元ピッチャーで「平成の大エース」といわれるほどの活躍をした斎藤雅樹選手がいる。斎藤選手の在学中はその力投のおかげもあり、我が校は１９８２年の夏の甲子園大会埼玉県予選で準優勝をしている。当時３年生だった斎藤選手は同年、プロ野球・読売ジャイアンツにドラフト１位で入団した。

第4章

社会人としてのスタート

三共鍍金

三共鍍金は１９６０（昭和35）年8月に創業した。時はちょうど高度経済成長期。創業以来右肩上がりの成長を続けていた。私が入社した１９６６（昭和41）年当時は主にカメラなどの光学製品の部品、ライター、エレキギターの部品、ガラス金型などのめっき加工を手掛け、田中光熙《みつひろ》社長以下、50名近くが働いていた。同年度の売上高は５４００万円で、資本金２００万円、３人の創業者とその家族だけで切り盛りしていた創業当初に比べ、わずか6年でかなり規模を拡大していたといえる。

田中社長は創業の際の中心人物で、創業前は協和という板橋区の大きなめっき工場で働いていた。当時の協和の経営者は田中社長の姉の義理の兄にあたる由田《よしだ》繁太郎《しげたろう》という人物で、東京都鍍金工業組合の理事長でもあった。群馬県生まれで、元総理大臣・故福田赳夫氏と同級生という、この人が１９４９年（ちょうど私の生まれた年だ！）に同社を設立したのである。我が社の田中社長はその姉の縁から協和で働くようになった。そこでめっき加工の技術や営業ノウハウを習得すると、独立すべく同じく協和で働いていた岡田功《いさお》、次原《つぎはら》誠太郎の２人を誘い、三共鍍金を立ち上げて自身は初代社長に就任した。社名には創業者の「３人で共に」との意味があるのだ。

この田中社長、岡田、次原の３人の創業メンバーは、実は親戚同士でもあった。田中社長は協和で働き始める前に岡田英子という女性と知り合い、１９４６（昭和21）年に結婚した。その英子の弟が岡田功で、また、英子の姉・とし代の夫が次原誠太郎である。つまり創業者たち３人は岡田英子との縁を通じて義理の兄弟となっていたのだ。

田中社長は山口県萩市出身で、戦後は群馬県伊勢崎市で板垣万吉という人物が経営する工場で働いていた。板垣は戦前に絹の取引で財をなし、東京・蒲田で「東京ツール」という町工場を経営していたが、太平洋戦争の戦火を避けるため、郷里の群馬県伊勢崎市に工場を移転させた。その移転後の工場で終戦直後に若き田中青年が働き始めた。また、後に田中の妻となる岡田英子も事務員として働いていた。英子は群馬県伊勢崎市の出身で、神奈川県川崎市で働いていたが、太平洋戦争が激しくなったため郷里に戻っていたのだ。田中はその英子との結婚後、協和で働き始めた。

岡田功はもともと、戦後に群馬県伊勢崎市の中学を卒業してから姉の英子を頼って神奈川県川崎市の親戚に身を寄せていた。その後、義理の兄弟となっていた田中の紹介により協和で働くようになった。次原誠太郎も神奈川県川崎市で働いたあと、義理の兄弟となっていた田中の紹介により協和で働くようになった。

寮生活

私が入社した当時、三共鍍金は東京と埼玉で合わせて3つの工場を稼働させていた。東京には創業時に設立され本社が置かれていた第一工場と、もう1つ第二工場があった。第二工場は第一工場があった板橋区前野町の隣町同区大原町にあった。第一工場と第二工場は歩いてわずか5分ほどしか離れていない。

第二工場の2階は社員寮になっていて、そこに私も入れてもらい、日中は工場でめっき作業に従事。夕方に仕事を終えると寮で着替えてすぐに浦和高校の定時制の授業を受けに行く。高校まではバスと電車を乗り継いで行った。まずは社員寮から隣町の板橋区蓮沼町にある最寄りのバス停留所まで歩き、そこからバスに乗って北区の赤羽駅に出る。そこで今度は電車に乗り、埼玉の北浦和駅で降りて学校まで歩いた。通学には約1時間を要し、授業が夜9時頃に終わると社員寮に着くのは10時頃になる。それから風呂屋へ行って風呂に入ったり、学校の予習をしたりして就寝時間はいつも夜半を過ぎたが、職場の上に住んでいたため通勤が楽だったのはとてもよかった。

寮長は上杉訓さんという人で、この人は三共鍍金を立ち上げた3人のひとり、次原工場長さんの親戚であった。部屋は6畳3部屋で、茂木、山本、大川、植木、戸田、田村、舟渡、前田、苅宿の共同生活。いわゆるシェアルームというやつである。学生は私だけだったので、勉強するような机もない寮生活。ただ、食事は本社の食堂で賄いの中浜さんという人が朝昼晩用意をしてくれていて、献立も実にバラエティに富んでおり、とにかくごはんだけは山盛りで空腹を感じることはなかった。私は朝と昼だけこの社食で食事をして、夜は学校の学食で食べていた。当時は月～土曜日まで仕事で、日給８００円くらいだっただろうか。月25日働いて、月給が２万円ほどであった。休みは日曜日のみで、月に1回くらいは日曜出勤をしていたこともあった。

最初の給料をもらって買ったのは父のマットレスである。17歳の息子からの初めてのプレゼントは、長患いで寝たきりの父をたいそう驚かせたようで、相変わらずの寡黙ぶりだったがその表情からうれしさがこぼれていたのは今も印象に残っている。

忍耐強さ

入社1年目はアルマイト加工（カメラ部品などのアルミニウムを黒く着色させる仕事）を任された。その他鉄部品にめっきをほどこし、その不良品の剥離作業の繰り返し。今から50年前は高度成長期の時代で、作れば売れる時代だったので物量も非常に多かった。その不良品を剥がすために青化ソーダと「リップマスター」という薬品で作業するのだが、1日仕事をしていざ作業着から学生服に着替えて学校に行く準備をしていると、鼻血がどっと出て5分くらい休息してからでないと学校に行けないことがしばしばあった。

当時は環境も悪く、工場には局所排風機もないので、気化したシアン化ナトリウム（青化ソーダ）をもろに吸い込んだことが原因で粘膜がダメージを受け、鼻血が出たのだ。はじめは驚き、焦りはしたがそのうち慣れてしまった。幸い健康には影響はなかったようだが、昭和の高度経済成長期には工場でのこんなことはおそらくどこにでもあったのだろう。

また、台風の時に京浜東北線で北浦和駅まで行ったのに、学校に着くと台風のために休校となっていたことがあった。それから板橋の会社へ戻ろうと思ったら電車が台風の影響で止まってしまって動いていない。暴風雨の中、線路づたいに川口まで歩き、荒川を渡り9時間かけて夜中の2時にやっと寮までたどり着いたときにはずぶ濡れで足はつり、もう立っているのもやっとという状態。風呂屋はとっくに閉店しているし、なんとか乾いた服に着替えただけで寝床に倒れこんでしまった。それでも翌朝はちゃんといつも通りに起きて工場で働き、また学校へ行った。このようなことがあっても文句も言わず淡々とこなしてきたのは、与えられた境遇をなんとか乗り越えるのが当たり前だと思っていたからだろう。生まれついての性格なのか、貧乏な境遇がそうさせたか、とにかくなんでも自力で乗り越えていくたくましさは、若いころから身についていたと思う。

田中社長のはからい

入社２年目にあたる１９６７（昭和42）年の12月には、我が社の第二工場が閉鎖および売却された（※後述する）ため、同工場２階の社員寮から出て川口の実家で暮らすようになった。寮生活は短期間であったが、〝他人の飯を食わねば親の恩は知れぬ〟という諺があるように、親元から離れた環境で過ごしたことは、まだ高校生だった私にとってとても良い社会勉強になった。

ともかく、学業と仕事の両立が可能となったわけだが、それは当時の田中社長のお陰である。我が社では夕方５時が定時ではあったが、私はそれより早い４時半に仕事を終えていいことになっていた。私の諸々の事情を知った田中社長が、浦和高校の定時制に通えるように配慮してくれたのだ。とにかく人手が欲しい時代に、ここまで従業員の事情や将来のことを考えてくれていたのである。

それに、入社後の１年間は現場での肉体労働であったが、２年目になると田中社長が「お前はそろばんと簿記ができるのだから、経理をやれ」とおっしゃる。仕事のあとに学校へ通い、へとへとになっている私を気遣ってくれたのにほかならない。おかげで私は学業にも精を出すことができたのである。

勤労学生の実態

浦和高校は埼玉の県立高校の中でも最古の歴史があり、1895（明治28）年に前身の旧制浦和中学校が創立されて以来、男子校である。また、昔から現在の東京大学をはじめとする難関大学への進学者が多く、全国でも屈指の進学校として知られている。とはいえ、その定時制は4年制で、生徒の多くが私と同じように働きながら学校に通う勤労学生であった。また、卒業後の進路については、そのまま学生時代と同じ企業で働き続けるか、あるいは、学生時代とは違う企業に改めて就職するか、そのどちらかである者がほとんどであったが、中には仕事をせず日中も勉強して昼の大学に進学する者もいた。

定時制高校の生徒が大学進学を目指す場合、高校時代と同じように働きながら学べる大学の夜間部を志望するのが普通だ。だが、我が校の場合は進学校として知られていたからであろうか、定時制クラスにも日中に授業がある大学の昼間部を志望する生徒が何人かいたのだ。実際に東京工業大学に進学したり、法政大学や防衛大学を受験したりしていた同級生がいたのを覚えている。朝から晩まで、仕事もせずに目標の大学を目指して勉強ができる環境にいた彼らをうらやましいと当時の私は思っただろうか。あまり記憶にはないが、家族のために働く私も、希望の大学に入学したい彼らも、大切にしている〝なにか〟のためにとにかくみんな一生懸命な時代であった。

タフに楽しんだ青春時代

勤労学生といっても、楽しみを追求するものである。浦和高校の定時制クラスでも部活ができることを知り、中学生の時に部活動でサッカーをやっていたこともあり、高校でもまたサッカーをやりたいと思った。しかしバレーボール部やバスケットボール部などはあっても、定時制のため生徒数が少ないので肝心のサッカー部がない。そこで担当の三浦敏昭先生の勧めもあり、自分でサッカー部を立ち上げようと考え、メンバー集めから始めた。クラスメイトの多くは前述のとおり勤労学生で、忙しい。それでも授業の合間に勧誘を続け、２年生の夏ごろには部員もある程度は集まってきた。目指すは定時制高校の埼玉県大会出場。新鋭のサッカー部員たちと夢中で練習するようになった。

夜9時に授業が終わるとすぐにグラウンドに集まり、1時間くらい走り込みやドリブルなどの練習を行う。練習時間としては短いが、そもそも授業が終わる時間が遅いので仕方がない。日曜日には他校のサッカー部と練習試合をすることもあった。この日曜日の練習試合は平日にあまり練習ができない我が校のサッカー部にとっては、とても貴重な時間だ。そのため、部員の数がサッカーの試合開催に必要な11名に満たなかった時期は、体育の授業中に運動神経がよさそうな人を探し、その人を誘って試合に出てもらっていた。

ところで、私は現在、東京都鍍金工業組合高等職業訓練校（めっき学校）の校長も兼任しているが、昨今の組合員の減少で生徒40名を確保するのが困難になっている。しかし、このサッカー部員集めの経験が生徒集めにも一役買っているように思う。

さておき。練習時間や部員を確保するのはなかなか大変だった。また、練習時間が少ないとはいえ、私を含む多くの部員が月曜日から土曜日まで毎日、昼間の仕事と夜の定時制クラスの授業をこなしてから練習に参加していたため、いくら高校生といえども体力的にもなかなかハードであった。今になって振り返れば、仕事、授業、部活動の3つを毎日なんとかこなせていたのは、ひとえに若さゆえのこと。我ながら元気だったなぁと感心する。

３年生になるとサッカー部の活動も本格的になり、定時制高校の埼玉県大会の地区予選に参加したが、２回戦で敗退してしまった。目標の「創部1年目で本大会出場」とはならなかったわけだが、人一倍負けん気が強い私はこれであきらめるわけにはいかない。逆に闘志が湧いてきた。卒業するまでに県予選で優勝して、本大会に出場することを目標に、ただでさえハードであった日々の練習により一層、真剣に取り組むようになった。

当時部員達にはボールを使ったパスやシュートの練習よりも、走り込みを中心にやらせた。大会の試合は日中に行われるが、日中は気温が高く日差しもあり、それだけ身体を動かすと体力の消耗も激しい。つまり、練習時間が夜間の我々としては、走り込み中心の練習をすることで、日中に試合をしてもバテない体を作ろうというわけだ。それが功を奏してか、我がサッカー部は埼玉県大会で優勝した。また、私が同大会の得点王になったため、現在のサッカーJ1リーグチームの浦和レッドダイヤモンズの前身にあたる三菱重工業のサッカー部から、誘いを受けたこともあった。当時私の50m走の記録は6.0秒であったが、現在もJリーグでは50m6.4秒というタイム基準があると聞く。しかしながら、フォワードだった私は身長が低いこともあり、結局その話は流れてしまった。

我ながら、この与えられた環境の中でとにかく積極的に楽しもうとしていたのだなと思う。仕事、学業に加えてハードな練習、そのあとの優勝経験。家族、学業、楽しみのなにひとつおろそかにせず、全力でこなそうとしていた。そしてそのすべてを、とにかくやった、やり切ったという満足感は青春時代の特別な1ページである。

恩師、そして同級生との思い出

あらためて定時制高校に通っていたころを振り返ると、担任だった体育の三浦先生、世界史の佐藤先生、政治経済の小谷野《こやの》先生をはじめ、本当にいい先生方に恵まれたと思う。

3年生の夏休みには、小谷野先生と私を含む学生6、7名ほどのグループで埼玉から鉄道に乗り、泊りがけで長野県の南牧村《みなみまきむら》にある飯盛山《めしもりやま》にハイキングに行った。飯盛山は八ヶ岳の裾野に広がる野辺山《のべやま》高原の南部に位置し、その名のとおりお茶碗にご飯を盛ったようなこんもりした形をしている。野辺山高原には全国のJRの駅の中でも旧国鉄時代から最も高所に位置することで有名な野辺山駅がある。私達一行はその野辺山駅から歩いて飯盛山に登った。

山道の所々で高原の花が豊かに咲き、標高1643メートルの山頂から、八ヶ岳、南アルプス、富士山、奥秩父連峰、浅間山などの山々が見渡せた。その３６０度の眺望はなかなかのものである。また、野辺山高原は高原野菜の産地として知られ、現地で採れたての高原レタスに油味噌をつけて食べたのを覚えている。その味といったら、今も同じ野菜に出合ったことはない、と言えるほど。お惣菜の引き立て役のようなレタスが、これほどまでにうまいものとは知らなかった。あれほどたくさんのレタスを食べたのは後にも先にもあのときだけではないだろうか。

宿泊先の民宿では夕食後、みんなで30年後の日本について語り合い、夜中まで盛り上がった。その時は私と小谷野先生が同じ意見であり、ものづくりをせず特別な技術を持たない銀行や証券会社は将来倒産するだろうと予測した。

当時の世の中からすれば、その予測は当たるはずがなく馬鹿げている、と思われたものだ。その頃は少し前の１９６４（昭和39）年に戦後復興の象徴である東京オリンピックがあり、高度経済成長期の真っただ中である。未来には好景気しかない。そんな風潮だったのだ。しかし、我々のその予測は30年後に現実のこととなる。１９９７（平成9）年から翌98年にかけて、バブル崩壊による不況の影響により三洋証券、北海道拓殖銀行、山一證券、日本長期信用銀行、日本債券信用銀行が連鎖的に次々と経営破たんをしたのだ。

後年、当時の仲間たちと再会したときに私と小谷野先生の予測が見事に的中したと話題になったが、的中して一番驚いたのは私自身かもしれない。というのも、実は半分気まぐれの予測だったからだ。

当時、証券会社や銀行で働く女子社員や女子行員は、高卒ほやほやでもだいたい30〜40万円くらいの賞与をもらっていた。その金額は彼女たちと同年代でものづくりに携わる仕事をしている私の賞与よりも随分と多く、うらやましかった。そういう個人的な嫉妬心もあり「銀行や証券会社はものづくりをしないから倒産する」と口にしただけなのだ。だが結果的に〝予言〟が的中し、金融機関などがバブル崩壊の経済危機を乗り越えられなかったことは、ものづくりに対する厳然たる信頼と誇りに結びついていると思う。

卒業後も先生や何人かの同級生とは付き合いが続き、中でも島崎文男君とは出会ってから50年以上たった今でも友人として親しくつきあっている。彼とは私と同じく川口から通学していたことがご縁で仲良くなった。当時の島崎君は藤倉ゴムで働きながら学校に通っていたが、卒業後、同社を退職し彼の叔父さんがやっていた静岡・三島の旅館『錦昌館』で住み込みの板前見習いとして働くようになった。

そのことを聞き、三浦先生、同級生の島田君、森田君らと一緒に東京から静岡の三島までドライブに行ったこともある。現地では島崎君が働いていた『錦昌館』に泊まって、彼が一生懸命さばいてくれたウナギを食べた。それから数年後、一人前の板前になった島崎君は地元の川口に戻り、東京の『いけ増』という日本料理店で働くようになった。数年後に仲間と独立して、のれん分けで東京・永田町の海運ビルの地下に『いけ増』を始め、界隈のビジネスマンたちに大変好評だったようだ。現在は店を畳んでいるが、当時は仲間と彼の店へよく食事に行ったものである。彼もまた、長い付き合いの友のひとりだ。

大学へ進学

１９６９（昭和44）年４月、私は日本大学に入学し、夜間部の学生となった。そもそも大学に進学しようと思ったきっかけは、浦和高校の定時制クラスに通っていた時に先生から「大学を受けてみればいい」と言われたからだ。先生は私の成績がそこそこ良かったので、大学進学を期待できると思ったのだろう。私としては、今まで通り働きながら学費を払うことができるかどうか、だけが問題で、それまでに学業と仕事の両立はできていたし、家計を助けることもできている。ならば、と日本大学経済学部経済学科の夜間部を受験した。

日本大学を選んだのには特別な志望理由があったわけではなく、校舎が東京・千代田区の水道橋駅のすぐ近くにあり、通いやすそうだったからだ。学校以外ではあまり勉強はしていなかったので、「落ちたら落ちたで構わない」という気持ちで受験したが、夜間部に無事合格することができたので、大学に通いながら三共鍍金で働き続けることにした。

その頃は大卒でめっき工場に就職する人がいなかったこともあり、田中社長は私が大学に通いながら働くことに好意的であった。私が入社2年目から現場の仕事だけではなく、経理の仕事も任せられるようになったのも、定時制高校に通いながら働くと同時に大学進学を目指す私の肉体的な負担を減らすための田中社長の配慮であったと思う。

憧れの〝キャンパスライフ〟

晴れて入学し、大学で受ける講義を選ぶにあたり、将来は中学校で歴史を教える先生になろうと思い（そしてサッカー部の顧問になるつもりだった）、教職課程の科目の講義を選べるだけ選んだ。その結果、1〜2年生の時は月曜日から土曜日まで毎日、夜間部の開講時間中はすべて講義というスケジュールになった。当時は学生運動がちょうど全盛期を迎えていた時代で、日本大学でも「日大紛争」と呼ばれる大規模な学園紛争が起きており、その影響で大学に行ってみると、講義が休講になっていたということもままあった。それでも私の生活は仕事と授業でぎっしりになっていた。

夜間部にも学生による同好会があった。私は中学生の時から部活動でずっとサッカーをやっていたのだが、大学にはサッカー部がなかったため空手同好会に入った。忙しい生活の中でも、とにかくなにかスポーツがしたかったのだ。その活動は夜間部の授業が終わってから始まる。道場でのけいこだけではなく、九段下の日本武道館まで裸足でランニングをしたり、6～8階建て校舎の1階から最上階までうさぎ跳びをしたり、屋上で発声練習をさせられることもあった。また、同好会ではあったが、先輩と後輩の上下関係が厳しく先輩から言われたことには逆らえなかった。たまたま空手同好会の上級生の中に私が大学に通う以前から面識のある人がいて、その先輩から道着を洗ってくるよう頼まれることもあった。先輩といっても私は定時制からなので、年齢は同じであるにもかかわらず、である。練習以外に、ちょっとした使い走りなどをさせられることは日常茶飯事だったが、運動部（同好会だが）には当時ありがちなことであった。

私の優先事項

一連のけいこやトレーニングを終え川口の自宅に帰り着くのは夜11時頃である。同好会は月曜日から土曜日まで毎日あったし、昼間の仕事と夜の大学の授業の両方をこなさなければならない中で参加していたため、さすがにいろいろと影響が出てきた。特に試験期間中は大変だった。日頃は忙しくてほとんど試験勉強ができないから、試験当日は午前3時か4時頃まで勉強をして、仮眠をとってから仕事に向かう。その後、夕方に仕事を終えて大学に行き試験を受ける。そいうわけで、試験期間中は睡眠時間が2時間か3時間の日が3、4日続き、仕事で経理の記帳をしているときに睡魔に襲われつい居眠りをしてしまったこともある。当時はまだボールペンが普及していなかったので、仕事にはつけペンを使い、ペン先をインク壺に浸けては書く、という具合で記帳をしていた。そのため、居眠りから目を覚ますと帳簿にインクがにじんでいることもあった。

そんな日々だったため、自分から希望して入った空手同好会であったが、結局1年間で辞めた。練習だけでなく先輩の雑用までこなさなければならず、学業や仕事に支障が出るようでは続けられないと思ったからだ。同好会の半数は昼間働いているわけではなく、夜間の学業のみの生徒も多かったため、彼らには雑用など取るに足らないことだったのかもしれない。先輩たちには「この程度で辞めるなんて、根性が足りない」などと言われ引き留められたが、私にとって重要なことは仕事と学業である。友人もいたし、体を動かすのは楽しかったけれど、そこを見誤ってはいけない、と断固として退会の意思を貫いた。

将来への迷いと決断

大学2年生になると、田中社長の計らいで東京・神田神保町にあった村田簿記学校（現東京経営短期大学）にも通えることになった。同校は専門学校の草分け的存在で、1909（明治42）年に設立された「銀行会社事務員養成所」を源流とする。その設立者の村田謙造という人物は昭和になってから日本で一般的に使われるようになった「四つ珠そろばん」の考案者としても知られている。今では簿記検定講座を開いている専門学校はたくさんあるが、当時は簿記検定の実績と信頼がある専門学校といえば同校がその代表であった。

村田簿記学校には週2日のペースで1年ほど通い、そのおかげで日商簿記三級の資格を取得できた。それで基本の知識はマスターできたと思ったので、応用レベルの知識についてては村田簿記学校には通わず実際の仕事の中で身につけることにした。実際のところ、現在も試算表までこなせるようになっている。

大学では2年生のうちに教職課程の全科目の講義を受講し、その全36単位も取得できた。あとは実際に学校で教壇に立つ教育実習を受ければ、教員採用試験に応募できる。しかし、教育実習を受けるという段になって、悩み始めることになる。

当時、今の自分があるのはそれまで良き先生達に出会えたおかげだと感じていたので、私自身も先生になって人の役に立ちたいという思いがあった。しかし、同時に、学費のために働き始めた三共鍍金だが、高等学校、大学さらに簿記の専門学校にまで通わせてくれた会社と田中社長のご厚意に報いたいという思いもある。その2つの思いの間で葛藤があったのだ。やがて教育実習期間が目前に迫ってきた。1週間くらい真剣に悩んだ末、大学卒業後も三共鍍金で働き続けることを決心し、教育実習は受けなかった。やはり教職の夢を追うことは社長への恩義を裏切るような気がしてならなかったのだ。いざ「夢をあきらめるのだ」と思うと、なかなか苦渋の決断であった。

かくして高校、大学と7年間の学生生活を三共鍍金と過ごし、ついに私はめっき業界に骨をうずめる覚悟を決める。働きながらの7年間、身体が辛いこともあったが一日たりとて休むことはなかった。健康だったというのもさることながら、やはり同じ世代の人々と一緒に青春を謳歌することにも一生懸命だったのだと思う。なにしろ、会社には父親くらいの世代の大人しかいなかったのだ。寝る間も惜しんで部活に仕事にと明け暮れた日々は、辛いことより楽しかったことのほうを多く思い出す。かけがえのない日々であり、それを許してくれた田中社長への感謝は計り知れない。

ところで、教職の夢はあきらめたとはいえ、この仕事のおかげで現在、東京都鍍金工業組合高等職業訓練校（めっき学校）の校長と講師を引き受けてもいる。一度はあきらめた夢が昇華したような気持ちにもなり、大変精力的に取り組んでいる。めっき講義の中で、「恩」という字は〝因縁〟と〝心〟でできている、という話をすることがあるが、それは田中社長への恩を想ってのことなのだ。

東京都鍍金工業組合高等職業訓練校（めっき学校）の校長となり修了式での著者。めぐりめぐって“夢をかなえた”といってもいいかもしれない。私はやはり教えることが好きだと思う

第5章

〝ご縁〟の大切さ

サッカーがもたらしたご縁

1973(昭和48)年、私は日本大学を卒業した。高校1年で学校を中退し三共鍍金に入社してから都合7年間ずっと、昼は仕事、夜は勉強という生活であった。大学を卒業したからどうというわけではなかったが、今度は丸一日仕事に打ち込むことになり、新たなスタートを切ったような気持ちではあった。その後しばらくして、私は社内の人員不足から営業と現場の両方をこなすようになった。それが24歳のときだ。

ちょうどそのころ、リコーが1955(昭和30)年に発売したジアゾ式国産複写機第1号『リコピー101』にはじまり、1965(昭和40)年に世界初の技術を用いて発売された『電子リコピーBS-1』が大変画期的で、広く普及したことで、我が社にもコピー機中のシャフトのめっきという作業が多く出始めた。現在はほとんど無電解ニッケル※が主流だが、当時は電気ニッケルめっきであったのだ。この頃我が社では主にOA機器、オーディオ機器、カメラ部品のめっき加工をしていた。カメラ部品に関しては、カメラブランド『アサヒペンタックス』のメーカーであった旭光学工業(現リコーイメージング)からの発注が多かった。

その旭光学工業の社員から、同社のサッカー部の試合に出てみないかと誘われた。

※無電解ニッケル

通電を必要としないめっき技術。これまではプラスチックのように通電できない素材にはめっきを施すことができなかったが、無電解ニッケルめっきの技術が生まれてから、めっきできる素材や形状の幅が格段に広がった。

旭光学の本社工場に営業に通っていた際、突然「君は高校時代、サッカーをやっていたらしいね」と声をかけられたのだ。その工場は我が社の本社工場から歩いて3分くらいのところにあったため、急な発注もよくあり、日ごろから自転車で出入りしていた。私に声をかけてきた人は埼玉県出身であったので、もしかしたらたまたま私と共通の知り合いがいて、その知り合いから私がサッカーをやっていたことを聞いたのかもしれない。その人の話を詳しく聞くと、下請け企業の社員も旭光学工業のサッカー部員として登録可能で、試合にも出られるのだという。メンバーが足りなかったのか、事情はわからないが取引先でもあるし、なにより運動大好きな私であるから、二つ返事で引き受けた。

社員旅行時にもサッカーの練習は欠かさなかった。このときは19歳くらいだろうか。家が貧乏だったため、自分の写真はほとんどなく、もしかするとこれが最も古い私の写真かもしれない

　そういうわけで、旭光学工業のサッカー部の選手として試合や大会に出場するようになった。私が出場した板橋区の大会では、カメラ用シャッターの世

界的メーカー、コパル（現日本電産コパル）のサッカー部などとも対戦し板橋区の大会で優勝したこともある。

また、全国規模で行われる天皇杯全日本サッカー選手権大会の予選から出場した。予選はブロック制で、本大会に出場するにはまずブロック内で勝ち上がらなければならない。予選の試合は対戦する2チームのどちらかのホームグラウンドで行われた。我がチームと同じ予選ブロックになった実業団チームは丸紅、兼松、日商岩井（現双日）、日本アイ・ビー・エム、三菱電機、横川電機製作所（現横川電機）、田辺製薬（現田辺三菱製薬）など有名な一流企業ばかりで、そういった企業の立派な芝生のグラウンドで試合をすることもあった。

一方、旭光学工業のサッカー部が使っていたグラウンドは立派とは言い難かった。グラウンドがあった場所は荒川を挟んで板橋区と埼玉県の戸田市を結ぶ戸田橋近くの河川敷である。吹きさらしの土のグラウンドで、風が強い日は砂埃が舞い上がるし、冬は冷たい風がもろに吹きつけ試合が始まっても体がほぐれるまでに時間がかかった。とはいえ、ほかの一流企業と同じようにグラウンドにはクラブハウスが併設され、風呂も完備されていたので、当時の実業団サッカーチームとしては恵まれた環境であったと思う。

天皇杯の予選では大学チームとも対戦した。しかし、スタミナ面で若い大学生たちに敵わず破れ、それまで４回戦か５回戦くらいまで勝ち進む健闘をしていたものの、本大会には出場できなかった。

サッカーの練習は昼休みの時間を利用して行っていた。旭光学工業の本社工場の中にミニグラウンドがあり、そこでサッカー部がいつも昼休みに練習をしていたので、私もその練習に参加した。練習のついでにその社員食堂で昼食をご馳走になったこともある。

このように仕事の合間にサッカーに打ち込んでいるうちに、そのご縁がきっかけで旭光学工業の生産二課という部署から新規受注を獲得することとなった。月50〜60万円だった同社との取引での売上高が、月１００万円くらいまで拡大した。特に受注を意識してのことではなく、ただなにに対しても手を抜かず一生懸命に、そして誰に対しても楽しく礼儀正しく、を心掛けていただけなのに、と図らずもここで〝ご縁〟の大切さを学ぶことになった。

台湾とのご縁

同じころ、旭光学工業が台湾の輸出加工区を利用してカメラの生産を始めることになった。輸出加工区内で製造した製品を現地から海外へ輸出すれば、各種税金が免除されるなど、さまざまな優遇措置が受けられる。また、台湾の輸出加工区を利用することで、日本で製造するよりも人件費が抑えられる。当時台湾国内には何カ所か輸出加工区があったが、旭光学工業が利用することになった輸出加工区は台湾中心部の中核都市である。台中《たいちゅう》市の北隣に位置する潭子郷《たんしごう》という地域にあった。

このクライアントの台湾進出を機に、我が社は台湾でもめっき加工を行った。台湾には田中社長（当時）が日ごろから個人的に懇意にしていた「卓鉄工所」という現地企業があった。卓鉄工所はその名の通り、台湾の北西部沿岸に位置する新竹《しんちく》市という所でマシニングセンタを備えた鉄工所を構えていた。また、輸出加工区がある潭子郷の北隣に位置する豊原《ほうげん》市※というところでめっき工場も立ち上げていた。その工場に私を含む我が社の社員数名が日本から出向き、工場のスタッフたちに装飾めっき※を教えた。

このときは大学で中国語を専攻していた経験が少しは役に立ち、現地のスタッフと

※潭子郷と豊原市
旭光学工業が利用することになった輸出加工区がある潭子郷と、卓鉄工所のめっき工場があった豊原市は2010（平成22）年に台中市に編入され現在はそれぞれ台中市潭子区、台中市豊原区となっている。

打ち解けるきっかけとなった。中国語を専攻したのは単にそのときのスケジューリングとか別段理由があったわけではないが、ひょっとしてこれが先見の明というやつかもしれないな、と心の中でひそかに喜んだ。今ではもうすっかり忘れてしまったけれども。

豊原市でめっき工場を立ち上げてから2年後くらいに、新たに新竹市で自動車のヘッドライトの金型にめっき加工をする工場を立ち上げた。そこでも我が社が無電解ニッケルめっきと硬質クロームの技術指導を行うことになり、まずは私が現地に赴いてその工場で使うめっき液を作ることになった。液を作るのに、現地の井戸から汲み上げてきた天然の水を利用することにした。しかし、鉄分や硫酸などの不純物が多く含まれていたため、うまくいかない。そこで、私が試行錯誤して不純物のほとんどない蒸留水を生成し、それを使ってめっき液を作ったところ、しっかりめっき付けができるようになった。現場でなんとかしなければどうしようもなかったが、めっき指導の〝先遣隊〟としてちゃんと準備を整えることができてよかった。

このときは卓鉄工所の社長である卓さんのお宅に1週間泊まらせてもらった。そのあとは工場長の岡田功さんが現地に赴き、1カ月ほど滞在してめっき付けのノウハウを工場のスタッフたちに教えた。

※装飾めっき
素材の耐久性を高めるとともに、高級感を出すため光沢や金属調に見せる表面処理をすること。

ご縁は続く……？

このような台湾での技術指導経験を活かして、我が社は１９８９（平成元）年５月、自動車のヘッドライトの金型を製造していた現地企業と提携し、その金型にめっき加工をする工場を新竹市に立ち上げた。しかし立ち上げてから10年ほど経ったころ、近くに高速道路が建設されることになり工場は閉鎖されてしまった。

台湾の工場の前で。台湾への出張も数えきれないほどであったが、長く滞在して帰宅すると妻に「身体が脂臭い」と言われるように。台湾料理の匂いが染みついていたらしい

それでいったんは我が社と台湾とのつながりはなくなってしまったが、それから10年近く経って台湾のガラスメーカーから、我が社で硬質クロームめっきを学びたいと申し出があり、以前のご縁を感じたのか、当時の田中社長は快く受け入れている。その人が侯宗沛くんだ。彼を受け入れるために、我が社でビザ発給に必要な招聘状を作成して台湾にいる本人に送ったほか、工場の3階で下宿してもらい、めっきの勉強をしてもらった。それから2、3年ほど我が

社で学んだ侯くんは台湾に戻り、新竹市で自動車のヘッドライトの金型にめっきを施す仕事をするようになった。

こうして復活した我が社と台湾との縁は続き、億和玻璃廠股份有限公司という現地のガラスメーカーともやりとりした。同社は新北市《しんぺいし》の鶯歌区《いんごうく》（当時は「台北縣鶯歌鎮《たいぺいけんいんごうてん》」と呼ばれていた）にあり、自動車のヘッドライトを製造している日本の小糸製作所から仕事をもらっていた。その取締役の游源鈴くんは日本の法政大学で学んでいたことがあり、また、日本人女性と結婚していたので日本語がうまい。そのため、なにか技術的な問題が発生するとすぐに国際電話で我が社に相談してきた。それがコミュニケーションを深めることにつながっているとは思うが、台湾のお国柄なのか、困りごとの相談以外のことでは連絡がきたことはない。

ちなみに、実は同じころ、田中社長の知り合いで韓国からやってきた権五建くんがめっきの勉強をするのにも同じように協力していた。ガラス金型のめっきで、韓国らしく『眞露（韓国の焼酎）』のビンの口金にめっきを施すために、無電解ニッケルや硬質クロムの勉強をしたいということだった。ただ、彼は国に帰ってから兄と別の仕事を始めるといい、それきり音信不通となってしまった。というわけで、台湾とのご縁だけが残ったかたちである（それも途絶えてしまったけれども）。

人に教えるという経験を通して

この一連の経験により、人に技術を伝えることの心得を身に付けることができたと思う。

めっき工場ではどんなに立派な設備をそろえても、技術的な人材教育をしっかり行わなければ良い仕事はできない。良質なめっき加工をするには、まず素材の種類、形状、用途などにあっためっき皮膜の厚みや耐摩耗性などを考え、どうすれば素材に最適なめっきを施すことができるのか研究する必要がある。また、実際のめっき付けの段階では素材をめっき処理液に浸ける時間やめっき処理液の濃度、温度、不純物の有無などの条件の微妙な違いがめっき皮膜の厚みや耐摩耗性に影響するため、そういった諸々の条件を素材ごとに調整する必要があり、それは人の手に頼らざるをえない。つまり、めっき加工の仕事は創意工夫と経験がものを言う。めっき加工の技術が〝匠の技〟と言われるのはそのためだ。人にめっき技術を教える際、まずはこのような指導がなされるわけだが、それはそのまま私自身への教えにもなる。台湾の人々に教えることで改めて心に刻み付けることとなった。今でもめっき学校で教鞭をとるが、そうした初心にかえるような気持ちでやっている。

時代の移り変わりを反映

第二工場は私が入社する前の１９６３（昭和38）年に操業を始め、主にカメラのアルミニウム製部品のアルマイト加工と、エレキギターの真鍮製部品のめっき加工を手掛けていた。しかし、１９６５（昭和40）年代に入るとカメラメーカーや楽器メーカーからの受注が減り、第二工場では利潤を上げられなくなることが見込まれたので閉鎖することになり、１９６７（昭和42）年12月に売却した。

カメラメーカーからの受注が減ったのはカメラ市場の競争が激化したことの影響だった。１９５５（昭和30）年代から始まった高度経済成長によって、作れば売れる時代となり、国民の生活も豊かになっていった。それに伴い、以前は庶民の手に届かなかったものも、広く普及するようになった。カメラはまさにその好例のひとつ。だが一方で、激化する競争に勝てない中小企業もあったのだ。それらの倒産とともに、我が社への発注が減っていったということである。

これがめっき業のおもしろいところで、景気はもちろんだが、世の中に物が増えればその分仕事も増えるのだ。どこかの業界で新製品が開発されるに伴い、こちらも新しい技術の開発が必要になることもある。照明器具などの身近なものからカメラや車など、どんな物にどんなめっきを求められても、対応する。このときも、第二工場は閉鎖したものの、第一工場は規模を拡大しており会社の業績が落ち込んだということではなかった。

ところで、この頃は学生時代からの友人だけではなく、仕事上の関係で知り合った友人とも出かけるようになっていた。

旧工場の前で。高度経済成長期のただなかとはいえ、創業から短い期間で工場を拡大・増設していく田中社長の手腕はかなりのものだった（中列左から2番目が著者）

その友人とは、光和化研という企業の社員であった高橋勇一さんだ。光和化研はアルミニウム素材に電気を流してアルミニウムの酸化皮膜を施すアルマイト加工や、時計の文字盤のバフ研磨加工を手掛けていた。高橋さんとは我が社の第二工場の売却時に知り合った。仕事を通じて知り合った、生涯の友のひとりだ。後述するが、高橋さんの存在が私の人生に大きくかかわっており、なかなかのキーパーソンである。

とんとん拍子

この当時は月に約２５００百万円の売り上げがあり、社内は大変景気が良かった。というのも、１９８２（昭和57）年に東京・赤坂のホテルニュージャパンの火災が発生し、スプリンクラーのめっき仕事が一気に増えたタイミングだったからだ。我が社では１９７４（昭和49）年の消防法改正に伴いビルにスプリンクラーの設置が義務付けられたときからスプリンクラーのめっきを受注していたが、この火災を受けて消防法がさらに厳しくなり、まだスプリンクラーを取り付けていないビルも多かったので、その注文が増えたのであった。かくして我が社では休み返上で1年間毎日めっき作業に追われることになった。そんな状況でありながら、コピー機もまだまだ作れば売れる時代だったので1日3万本くらいコピー機のシャフトの無電解ニッケルめっきを作業していた。

話はそれるが、このスプリンクラーめっきの受注にはちょっとした逸話がある。１９７２（昭和47）年の大阪千日デパート火災に端を発した消防法改正があったのは私が26歳ぐらいのころ、ちょうどスプリンクラー報知器の試作を手掛けていた。大口のスプリンクラーめっきの入札があり、会場となった会社は黒崎内燃機工業（スプリンクラーの最大手・ホーチキの下請け会社）である。入札という場であるにもかかわらず担当者が「君が色々試作をしていたんだよね」なんて話しかけてくるものだから、ついつい開発秘話など話に花を咲かせていたら、なぜか三共鍍金が落札という運びになったのだ。なぜこの担当者が私の試作品のことを知っていたのかは不明だが、期せずしてこういうことが時々起こるのは、本当にラッキーなことである。

第6章

オリジナル技術の誕生

直観と機動力

28歳のころは大切な出会いが多かったように思う。まずはツツミ金属の石丸良治さんとの出会い。この当時、ツツミ金属は日立金属の特殊鋼の販売をしていて、石丸さんは福岡営業所の所長。相当がんばっていたため石丸さん自身も客先の担当者にかわいがってもらっていたようで、営業成績もよかったと聞いていた。特にこの時代は作れば売れる時代。なにがよかったといえば、金型に使う特殊鋼を取り扱っていたので、ほとんどの硝子関連の会社に材料を売ることができていたのである。

かつてはガラス製であったものが強化プラスチックに変わるなど、我が社で扱う商品も移り変わっていくが、自動車のヘッドライトの金型へのめっきは現在も我が社で扱っている

当時三共鍍金は埼玉県入間市の保谷硝子（現ＨＯＹＡ）の中に工場を構えていた（その場所は現在アウトレットになっている）。本社工場では佐々木硝子（現東洋佐々木ガラス）からガラスの金型のめっきを請け負っていたので、手に取るように材

料の流れがわかっていた。他にも自動車のヘッドライトの金型などガラスへのめっき加工を多く扱っていたため、ガラス会社からすると専門業者のようにも見えていたのであろう。

そんな時、日本電気硝子の神奈川県藤沢事業場（当時）から「液晶用のロールの特殊めっきをしてほしい、どこかやれる所がないか」と石丸さんに相談があり、そこから三共鍍金にも問い合わせがあった。というのも、液晶用ガラスは１０００℃近い高温の薄い板ガラスである。その製造過程で、ロールを通ってガラスが出てくる際、高熱のガラスがロールにくっつかず、スムーズな流れを維持せねばならない。そのためにロールにめっきを施したいのだが、それはＨＤＺのＱ２というクロームが29パーセント入っていて、通常の前処理ではめっきが付かない材料という難関。そこにめっきができる工場がなかったのだ。

しかし私は二つ返事で引き受けた。ロールは径が１６０パイと２４０パイと重量もあり、大変な仕事である。そのうえ、当時のテレビはブラウン管が主流。我が社ではシバソン、旭硝子（現ＡＧＣ）のブラウン管金型のめっきをしていたし、液晶の時代は想像すらもできない頃である。だが、ひょっとしたらそのうち壁掛けテレビになる時代がくるかもしれないと思い、ここで液晶にも食い込んでおけばどちらにころんでも我が社は安泰、と考えたのである。

為せば成る！を実践

私が引き受けて来たからには、この設備作りも私がやらねばなるまい。240パイロールは重量があるので、1トン吊り上げられるクレーンが必要。また、長さが1.8メートルくらいあるので、それが潜る塩化ビニールのタンクを埋設しなくてはならない。まずはひとりで幅70センチ長さ3メートル、深さ2メートル50センチの穴をスコップで掘った。納期もあるから、これはなかなか急ぎの作業である。ひとり黙々と地面に穴を掘る作業だが、これは営業などの仕事のあとに行った。若かったこともあり、意外とスムーズに掘り進めることができ、2日ほどで穴は完成。それから塩ビの土管を買って底を溶接し、タンクを手作りした。「苅さん（社長になる前はそう呼ばれていた）がまさか自分で穴掘ってタンクを作って入れる段取りしてやるなんて、思ってもみなかった」と、このことは今だに石丸さんの語り草になっている。

当時は石丸さんと一緒に長野さんという営業の方が来ていて、特殊材のため前処理に使う2メートルのニッケル板の手配などしていただき本当にありがたいことであった。自ら動いていればなにかしら手助けしてくれる人が出てくるものである。まずは自分が率先して動くことだ。

後日談だが、こんなご縁でつながった石丸さんの会社・ツツミ金属はバブルのころ社長が株で大損をして倒産という末路をたどっている。石丸さんはその後、数人の従業員の再就職先を見つけるなどかなり努力をされたようだ。ご自身は東京チタニウムという会社に再就職され、持ち前の営業力を発揮して社をおおいに盛り立てたものの、残念ながら64歳のときに脳梗塞で倒れ、２０１８（平成30）年６月23日にお亡くなりになっている。本当に、公私ともにお世話になった方のひとりであった。また、長野さんは大阪の赤尾鋼材の社長さんになられた。今もご縁が続いていて、仕事のご紹介をいただくこともある。本当にありがたいことです。

小さなきっかけが大きな人脈に発展

液晶用ロールのめっき設備は完成したが、精度についても大変厳しくチェックされたので、めっきの仕上げ部分にあたる「バフ作業」も自分でやっていた。東京精鍛工所という千葉県市川市塩浜にある会社がロールを日本電気硝子への納品、引き取りから加工までを請け負っていたので、この会社との付き合いが始まった。同社は２００１（平成13）年に株式会社セイタンと社名変更し、２０１７（平成29）年からは鍛造会社の雄・シンニッタンの連結子会社となり、鍛造メーカーではかなり大きい会社である。現在は新潟県南魚沼市六日町で自動車メーカーの部品を作っている。

この東京精鍛工所の担当者が日立金属から出向してきていた中原さんである。山口県出身で島根県の日立金属安来工場に就職されたのち、定年近くでセイタンに来られたようだ。何回か私が納品引き取りにお伺いするうちに世間話をするようになり、山口県萩市の出身と聞き、「弊社社長も山口県の萩ですよ」というところから田中社長とお引き合わせすることとなった。池袋で酒宴をひらいたところ、郷里の話に花が咲いたはいいが、おおいに酒好きのおふたり。タクシーに乗せて帰すのにずいぶん大変な思いをしたことをよく覚えている。

こんなことがあっても、中原さんのおかげで日立金属やその他日立グループとも繋がりができただけでなく、普段の仕事の打ち合わせや作業もむしろしやすくなった。中原さんはよく山口弁で「何いっちょるか（何を言っているのだ）！」なんて喝を入れてくださったものだが、それも人と人との温かい交流であると感じる。仕事とはいえ、人間味のある付き合いであった。

その後も液晶用ロールのめっきは4年くらい続いたが、液晶設備が各大手企業に行き渡ったため作業が年に2～3回と頻度が落ちてきたこと、また、加工がセイタンから大阪の方に変わったので大阪のめっき工場にある程度ノウハウを伝えて、我が社は撤退した。

だが、ここで培った技術は、我が社の未来に大きく貢献することになる。ものづくりに大きな変革を与えた、その第一歩だったのだ。

アイデアを形に、自ら動く

前述の通り１９５５（昭和30）年に日本で初めてコピー機※が発売されると、めっき業界にコピー機の中のシャフトのめっきという作業が出始めた。現在は主流である無電解ニッケルは当時非常に画期的で、これまで素材を選んでいためっき作業が格段に幅を広げることができるようになったのだ。だが、技術を実用化したアメリカの会社から権利を買っていた日本カニゼン※の独占技術であったため、数年は手を出すことができなかった。当時私はまだ子どもだったのでそんなことは知る由もないが、もし私がそのとき三共鍍金の営業をしていたら、きっとさぞ悔しがったことだろう。

月日は流れ、１９７３（昭和48）年のあるとき、三共鍍金の営業として、また、納品のため出入りしていた先のリコーの人から、「シャフトの両端がめっきで厚くなる」という話を聞いて、別の方法を考えることにした。コピー機のシャフトを電気でのニッ

※日本で初めてのコピー機
米ハロイド社製（現米ゼロックス社）の製品が初めて輸入されたのと時を同じくして、リコーがジアゾ式国産複写機第1号「リコピー101」を発売した。

ケルでめっき処理する時と同様に、両端にカブリ止め（端の部分にめっきが厚くならないようにする技術）をセットし、更にロールを立ててめっきをしてみたらうまくいった。特に誰かに相談するでもなく、こうしたらいいのでは、とアイデアが浮かんだので空いた時間に実際にやってみたのだ。そんな実験的なものであったが、試作品として出したこのシャフトはリコーの人に大変気に入られ、クロームめっきのシャフトも納品するようになった。

我が社は１９６５（昭和40）年にコピー機製造を始めたキヤノンとも取引があった。最初はキヤノンの茨城県取手工場の中で無電解ニッケルのめっきを行っていたところ、そののちキヤノン電子の山中常務の兄上と工場長であった長谷川さんが立ち上げた日本メカニックと三共鍍金が近いこともあり、そちらとも取引が始まった。

私が30歳くらいのときだから、だいたい１９８０（昭和55）年前後のころだろうか。山中社長がふらりと訪ねてきて、「お宅はコピー機のシャフトめっきをしているんだってね！　それではうちのシャフトのめっきはどうだね」とおっしゃる。数量も多く受注できそうだ。ちょうどこのころ、無電解ニッケル薬剤の特許が切れ、各薬品メーカーが無電解ニッケル液を販売できるようになっていたタイミング。無電解ニッケルの作業を社に導入するチャンスと見た私は、田中社長に進言して液を入れるタンクを社内

※日本カニゼン
当時は小野田セメント（現太平洋セメント）の子会社で、今は日本パーカライジンググループの一員。

工場に作る許可を得た。

前述のとおり、設備づくりなら私の出番である。めっきは90度の高温でするため、今度はステンレスのタンクが必要だ。ということは、定尺（※ステンレス板の定尺）の2メートル×1メートルの大きさのものが入る穴を掘らねばならない。その穴掘りを任された。前回はスコップで穴を掘った私だが、今回は進化して削岩機で土間のセメントをはつり、穴を掘りステンレスのタンクを入れて廻りを保温できるようにした。かくして我が社でも無電解ニッケルの作業ができるようになった。これで営業の幅も広げられる。文字通り、自ら拓いた道である。

受注業者の心得

最初は日本ワコン（水処理業者）から無電解ニッケル用の液体を買うことになったが、大阪のワールドメタルが技術指導もしてくれたため、同社の液を毎月何千リットルも使用するようになった。月に2度くらい、4トン～6トン車で静岡から運ばれてくる20リットルのケース150個を車から降ろすだけでもひと苦労。とにかくこのころは毎日が重労働であった。無電解ニッケルのノウハウは日本ワコンの岡本さんの技術も参考にさせていただいた。

同じころ、リコー、キヤノン、三田工業、理想科学工業、コニカミノルタ、シチズン吉見(現シチズン時計マニファクチャリング埼玉吉見工場)など各コピー機メーカーのシャフト関連のめっきが最盛期を迎える。我が社でも1日に3万から5万本のめっきを行っていたが、だんだん風向きが変わってくる。相変わらず仕事は多いが、毎年コストダウンを打診されるようになり、会社によっては単価の安いめっき工場や中国へと発注先を変えるところが増えてきたのだ。

我が社でも月に1000万円もの売り上げがあったが、2002(平成14)年から2003(平成15)年にかけて、コピー機のシャフトのめっきから撤退を決めた。売り上げは大きかったが、材料代、人件費を払うとたいして利益が残らなかったのである。それならばほかの作業を入れる。それが当時の私の決断であった。

ただ、我が社がこうした決断をすることができたのも、我が社には独自技術があったからにほかならない。受注業者であるめっき工場だが、いただける仕事だけをこなしていればいいわけではない。時にはこうした仕事の取捨も必要となる。漫然と仕事を待つのではなく、自ら新規を開拓し、かつ仕事を整理していくことの大切さは、このときにしっかりと身に叩き込んだと思う。「誰でもできる仕事」に頼っていては、この決断はできなかった。そこは大きな学びであった。

第7章

上向き始める三共鍍金

ニボフラムとの出合い

話は少しさかのぼる。ワールドメタルの林田英徳社長と知り合ったのは、1979（昭和54）年、無電解ニッケルの液を日本ワコン経由で買っていた当時のことである。ワールドメタルがガラス工場用に独自開発した『ニボフラム』という三元合金の良い液ができたのだという。素材や形状を問わず、浸すだけでめっきができ、かつ熱や酸化にも強い耐熱性がある。林田さんが「熱間加工で使用しても今までのニッケルリンの液と違い、酸化せず高温でも使用できます」といくつかのガラス会社に売り込みにいくと、どこでも「それが必要なのは三共鍍金さんじゃないの」と言われるのだという。どこへ行っても我が社の名前が出るものだから、林田社長が自ら我が社を訪ねて来られたのである。ガラスのめっきといえば三共鍍金、というのが業界に浸透していたのかもしれない。

「なんとかタッグを組んで世の中にこの液を売り込み、製品として使用できないものか」と林田さんから相談を受け、さっそく保谷硝子のメガネのレンズ型とか、鋳物の金型にニボフラムの表面処理をして納品したところ、非常に評判が良かった。ここからニボフラムがワールドさんにも我が社にも幸運をもたらし始める。

売り込みにはまず、大正製薬の『リポビタンD』と大塚製薬『ファイブミニ』の瓶の口金にめっきをしようとなり、ガラス瓶の金型で業界ナンバーワンの扶桑精工と試作品を作り、納品先の山村硝子（現日本山村硝子）の群馬県館林工場でテストをしていただける運びとなった。担当者は私より４、５歳下の五十嵐さんと寺内さん。『ニボフラム』を施工することにより、大量に油を使用しなくても離形効果があり、不良率が減少するという目に見える効果があった。ここから、瓶の口金のニボフラムめっき※が本当に陽の目をみることとなったのである。

『リポビタンD』などのビンの口部分。キャップをするためのねじ溝は凹凸があるため、金型からはがれにくかった。我が社の技術とニボフラム液とのタッグにより、剥離性の高いめっき技術が生まれた

大手の山村硝子が導入したのならと、中小の瓶工場は右へ倣えの状態。日本硝子（現日本山村硝子）、新日本硝子、大久保製壜所、第一硝子、柏洋硝子、野崎硝子制作所、東洋ガラス（神奈川県川崎工場―当時）、釜屋硝子、興亜硝子などなど、データは１９８８（昭和63）年頃からしか残っていないが、年間２万から３万個の口型のめっ

※ニボフラム三元合金液
ガラス瓶の口金にめっきをする際には、ガラス瓶の口にあるねじ溝部分が金型にくっつかず、うまくガラスが剥がれるようにする必要があった。カーボンを油で溶かして口金の表面（ガラスが触れる部分）に塗布するとガラスの離型性は良くなるが、反面頻繁に塗布すると口型が汚れ製造にも悪い影響を及ぼす。『ニボフラム』を施工することによりその塗布の回数を減らすことができ更に汚れにくくするというメリットがある。

きを受注するようになった。『リポビタンD』が医薬品から指定医薬部外品となりコンビニでも売られるようになると、中高校生にも買ってもらえるようになり口型のめっきもさらに大忙しとなる。

余談だが、これがご縁で山村硝子が当時フィリピンのサン・ミゲルビール社※と提携した時は群馬県館林工場でサン・ミゲルビール社に派遣される（水尻さんと記憶している）方々と一緒に説明会も行った。アジアの国々では画期的なめっき技術が必要とされていたのだなと思う。

超過密スケジュール

こんな忙しい時代だったから、必然的に私のスケジュールもあり得ないくらい過密になっていた。

同じころ、名古屋のガラス工場にも営業に行き口座が取れた（＝取引が始まった）ほか、茨城の境町のウイスキーの瓶の金型本体へのめっきも行っていた。当時我が社で請け負っていたガラス工場は全社私の担当で動いて営業をしており、週二回の営業のうち一回は館林の山村硝子、アサヒビールパックスを回り、加須に来て釜屋化学（硝子）、境町の会社、古河のシバタハリオ硝子、（ハリオガラス）、そして松原団地にある

※サン・ミゲルビール社
フィリピンを代表するビール製造会社。外国らしく、小瓶での流通が多い。

シバソンに寄って夕方に会社に戻って来るといったスケジュールをこなしていた。ガラス工場は24時間稼働※しているので、一部の工場では金型の納品は夜の時間帯でも受け入れてくれる。日中は道路も混むし社内業務で手一杯。営業のほかに経理や現場仕事もあったので、電話だけでも日に60件は受けていたし、現場の納期管理から請求書(当時は全部手書き)まですべてをこなしていたから、納品は夜中になるのが常だった。

誰が撮影したのか、営業電話中の著者。ダイヤル式の黒電話で、ジーコロジーコロと電話番号を回すのにすら今よりも時間のかかった時代

幸いガラス工場は三交代で作業していたこと、現場の作業者とも顔なじみだったこともあり特に急ぎの仕事が多かったシバソンにはよく夜中の12時、1時ごろ納品に行っていた。しかしながらさすがの私も会社で夜中まで仕事をしているわけではなく、勤務時間が終わると夜になるまで実はマージャンをして時間を潰していたのである。それなのに夜中に納品に行くと守衛所で「遅くまでごくろうさんです」と声をかけてくださるので、ちょっと気恥しかった。週2、3回訪れるうち、時々守衛さん

※ガラス工場24時間稼働
ガラスは常に火を通して流し続けなければ固まってしまう。盆暮れ正月も1日たりとて工場が止まることはないが、そのような事情であり、別にブラック企業なわけではない。

に煙草などを差し入れするようになると、現場まで顔パスでどうぞ、というまでになった。スムーズに納品を済ませ、その足で持ち返り品を積んで帰って来ていた。

納品はただ大変なばかりではない。特にシバソンの百武課長さんや佐々木硝子の土屋部長さんには、顔を合わせればガラス成型や金型のノウハウを伝授していただくこともあり、こうした取引先訪問は非常に充実していたと思う。もちろん、今ではこんな働き方は褒められたものではないのだろうけれども。

飛躍する業績と信頼

こんなスケジュールが日常であったが、当時はガラス工場も忙しかったのである。群馬県館林の山村硝子（現日本山村硝子）などは金型が減って足りなくなってきてから金型工場に注文するものだから、どうしても最終の表面処理をする我が社にしわ寄せがくる。それでもこちらは朝の7時までに、とか夜の11時までに、といった具合になんとか納期に間に合わせるので信頼関係ができあがり、仕事がなくなる心配はなかった。

営業回りのもう1日は東京、千葉の硝子工場である。佐々木硝子（現東洋佐々木ガラス）、瀧波硝子（当時）、井田硝子、東合成、岡本特殊硝子。それに付随する金型工場が東京の江東区亀戸、墨田区にはたくさんあり、これもまた1日がかりで周っていた。

旭テクノグラス（現ＡＧＣテクノグラス）の千葉県船橋工場、ここは物量が多く重量が半端ではないのだが、人手が足りず営業も単独で行っていた。この工場も亀戸の小林鉄工の紹介で出入りすることができるようになったものだが、当時金型の剥離、研磨、めっきを一貫してできる工場がなかったので私どもに白羽の矢がたったのである。どうやら社内で米・コーニング社のめっき技術を採用していたが、このめっきがひどく柔らかく持ちがよくなかったため、あまり満足のいくものではなかったというのも、我が社に発注するに至った経緯であると聞いている。

旭テクノグラスの前身である岩城硝子時代に大変お世話になった方が、森繁さんと相原さんである。相原さんにはドイツの素晴らしい硝子金型研磨機までお借りし、作業効率が格段にアップしたため月８００万円ほどと、破格の売り上げを成し遂げることができた。２トン車で成果品を納品に行っても、車が空の状態で帰ってくることはない。新たにさらに多くの発注を受け、金型を積んで帰ってくるのだ。高速で走っていると車のおしりが重さで振られるほどであった。

こうして自らの足で営業回りに納品に、と動き回った結果、当時の三共鍍金の売り上げ成績では常に私がトップとなった。それを受けて、先代社長※より金一封で金５００グラムと会社の株券を頂いたこともある。現在も当時の繋がりが残っており、

※先代社長および先代
三共鍍金創業者のひとりで急逝した田中光熙（たなか みつひろ）社長。

我が社の取引先の7割は私が営業して獲得したクライアントである。前述した通り、現代では決して評価されない働き方の例であったとしても、長く付き合いが続けられる信頼関係を築くことができたことは誇りに思っている。

立役者たちとの出会い

岩城硝子は日本初の民間洋式ガラスから始まり、我が社が取引を始めさせていただいた頃は自動車のヘッドライトを主に製造していた。私は最初に小糸製作所、市光工業、スタンレー電気に営業に行っていたが、「ガラスを押している（プレスしている）のは岩城硝子だよ」と担当者に言われ、取引のあった金型工場・小林鉄工の社長さんに同席していただいて、取引が始まったのである。後にガラス工場の減少に加え、バブル期の土地ころがしなどで倒産した佐々木硝子の影響を受け、小林鉄工も打撃を受け廃業となってしまったが、このときの恩義があったので、従業員のひとり浅沼富男さんを定年まで我が社で面倒をみることにした。金型の研磨ができるので、我が社としては人手も増えてとても助かった。

当時の岩城硝子はヘッドライトのガラスの生産としては大きな工場だったが、自社で生産の間に合わない種類のヘッドライトは小さなガラス工場に金型を支給してプレスを下請けに出していたので、そこでもまたほかのガラス工場とも道ができてきた。ひとたびご縁ができると次々と、というありがたい連鎖が続いたものだ。

岡本硝子とも、展示会でガラスを炉から取り出すロボットの担当だった玉置純さんと名刺交換をさせていただいたことを機に、後日千葉の工場を訪問。その席で、当時私どもの会社が保谷硝子と取引していることを話すと、同社でも保谷硝子と取引があることで意気投合しすぐに取引開始となった。この時現場を案内して説明してくださったのが、小糸製作所から顧問として来ていた工場長の林さんである。のちに我が社の主力ともなったヘッドライトの剥離研磨めっきの仕事のおかげで我が社を大きく飛躍させてくれた。現在は自動車の軽量化によりガラスのヘッドライトがプラスチックになり、成型温度が低いため（ガラスは１０００℃、プラスチックは１８０℃程度）金型が痛むわけでもなく、更にスケール（酸化による汚れ）も付かないので、めっきの減少となってしまったのは残念なことだが、これも時代の移り変わりというものだろう。

ついに身体が……!?

過密スケジュールではあるが、ぐんぐん業績の上がっていく三共鍍金。その勢いにつられてか、とにかく私もしゃにむに働いた。あまりにもがんばりすぎたのか、ついに身体を壊してしまったことがある。

旧前野町の工場は傾斜地にあったので、1箱30キロから40キロのコピー機シャフトの入ったプラスチックの箱を400キロ載せても大丈夫な特注の台車で工場の中に運ぶのである。台車の上の総重量は毎回200～300キロくらいであろう。そのため足に負担がかかり、作業靴は三か月でゆるゆる、靴底に力が入る親指のあたりは薄くなり穴があいてしまう。コピー機のシャフトに限らず硝子の金型へのめっきも行っていた。この頃我が社は硬質クロームと装飾めっきと無電解ニッケルの三本立てであった。金型もビールジョッキやヘッドライトのもので1個が30キロくらいはあり、それを台車に10型くらい載せて工場に入れるのは大変であった。傾斜が10度から15度ある坂だったから、私の体重は60キロなので、3倍、4倍の重量を運んでいたことになる。腰がよく壊れなかったものだ。トリクロールエチレンのドラム缶などは1缶290キロもある。これをトラックの荷台から下に置いたタイヤをめがけて落下させ、角材を入れて角度をつけて起こし、転がして工場内に入れる。これもコツのみ。今なら笑って言えるが、これは古代エジプト時代にピラミッドを建設する作業とたいして変わらなかったかもしれない。なにしろ使っている道具はてこと丸太とタイヤである。例えれば元大相撲力士の小錦関を運ぶようなものだが、もともと我が社は大きな荷物を扱う仕事ではないから、フォークリフトがなかったのである。危ないなんてものじゃない、かなりの無茶ぶりであった。

コピー機のシャフトを扱っているときは、ほとんど手積み、手下ろしで1日8トンを運んでいた。ぎっくり腰にこそならなかったものの、20代のころからこんな無理を毎日していたものだから、数え年42歳の厄年に大変な目に遭ってしまった。

ちょうど寒くなってきたころ、朝起きて普段どおりこたつに入って朝食を食べ、さあ会社に行こうと立ち上がった瞬間、腰から足にかけてものすごい電流が走ったのだ。痛むものの、なんとか動けるので会社に行き、坐骨神経痛じゃないかなどと思いながら、岡田功工場長の奥さんの同級生が東京・高田馬場で鍼灸治療をやっていると聞き、通うことに。私は車通勤だったので会社に車を置いて何日か通院した。3〜4回通っても、帰りの電車

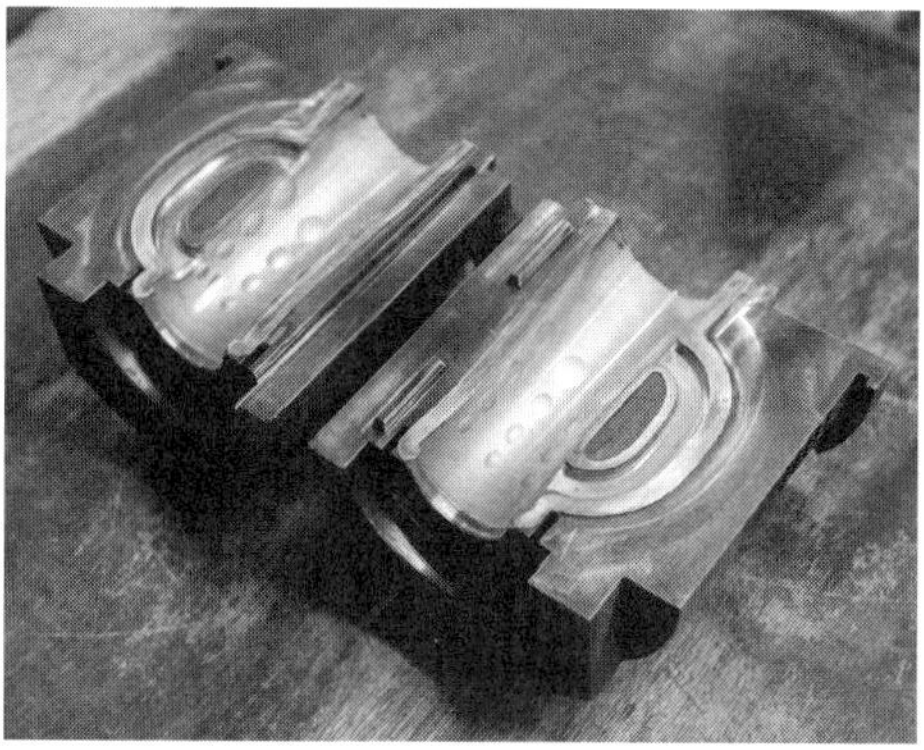

ビールジョッキの金型。この場合、1個分の片側だけでも20キロ以上の重さとなる。この重たい鉄の塊を納品の際は何十、何百と運ぶわけだ

に乗るために高田馬場駅の階段を上るのさえやっと。右足にしびれがきていたのだ。これはまずいと思い、会社の帰りに、今度は川口市の奥田整形外科でレントゲンを撮ってもらうことにした。その時はすでに待合室の椅子にも座れない状態で、神経があたるのか少しでも座る体勢をとろうとすると飛び上がるほど痛い。案の定、レントゲンの結果は3番目と4番目の軟骨がすり減ってなくなってしまい、骨が神経に当たりそれで右足がしびれているのだということであった。

なにしろ椅子に座れないのはまいった。医者は痛み止めとして座薬を出してくれたが、全然効き目がない。今度は尾てい骨に注射をされたのだが、これが痛いのなんの、大騒ぎである。注射の後は痛みで5分くらいうつ伏せのままで、動くことすらできない始末。それでも痛みはとれず、先生曰く「40年かかって軟骨がなくなってしまったのだから、そんなに簡単には治らないよ」とのこと。結局、物理療法しかないとのことで腰の牽引を1年間行うこととなった。

座れない!? それでも皆勤賞の〝小さな鉄人〟

生活はがらりと変わり、食事からしてできるだけゼラチン質の食物を食べるように言われた。なにしろ座るのが苦痛なので、車の運転は左足を折り曲げ正座状態にして尻を浮かせ、右足だけで運転して出勤し、仕事中も椅子に座ることなく一日中立っていた。さすがに1〜2か月くらいは得意先には行けなかった。もちろん昼食の弁当も立って食べていたし、家に帰っても家族とは別メニュー。洋間の椅子に横たわったまま焼きおにぎりを食べていた。辛い毎日のようだが、実はこの女房の焼きおにぎりが格別で、今でも居酒屋やコンビニなんかよりもずっと美味いと思っている。当時まだ小さかった娘2人の風呂は必ず私が入れていたのだが、この時ばかりは女房に代わってもらった。それでも会社だけは1日も休むことなく出勤していたのは、私の誇りである。28歳から69歳まで、42年2か月のあいだ有給休暇も利用したことがなく皆勤を貫いており、それが自他ともに衣笠や金本※より も〝小さな鉄人〟と評する所以であろう。この記録はまさに私自身の記録なのである。鮪と同じで、泳ぎ続けていないと死んでしまうかも、という妙な信念があるのである。

半年が過ぎたころからなんとか座れるようになってきたが、結局の所、けん引は1年間しっかりと通いとおした。人間とは不思議なもので、喉元過ぎれば熱さを忘れてしまうもの。痛みが消えるとまた、凝りもせず重たい物を持つようになってしまった。但し、30代のころのような無理はしなくなった。

私は2019（平成31）年まで1度たりとも会社を休んでおらず、皆勤を誇ってき

※衣笠や金本
連続試合出場2215試合と日本プロ野球史上歴代1位の記録をもつ元広島東洋カープの故・衣笠祥雄選手と、連続試合フルイニング出場1492試合の世界記録保持者、元阪神タイガース金本知憲選手のこと。ともに「鉄人」の異名をもつ。

たが、時代が違うので社員には休むなとは言わない。とはいえ、実は子どもたち４人も中学、高校と皆勤賞であることはひそかに誇りである。家族のだれもが元気で通学・出勤できるのは単に私のＤＮＡなのかもしれないが、寝込むような病気をする者もなく私も安心して出勤できることには非常に感謝している。

第8章

苅宿充久という人間

仕事も遊びもとことん、が信条

持って生まれた強い身体のおかげもあって、私は幼少のころからなんだか働いてばかりの生活を送ってきたように見えるかもしれないが、『おしん※』のような滅私奉公でかわいそうな人というわけでもないのである。実のところ、私は大変よく遊ぶ人間でもある。

大学3年の22歳の12月、運転免許証取得、翌年には車を購入。当時レースでよい結果を出していた日産サニーを選んだ。行動範囲が広がった私は、23、24歳のころから2日続けて休みがあるときは静岡県西伊豆・堂ヶ島の民宿『小春荘』に行くようになった。多いときは年6回くらいは行っていただろう。目的は海釣りである。この『小春荘』はよくテレビでも紹介されている。なぜならここの主人が民宿協会の理事をやっていたし、当時おばあちゃんが海女さん、その養女も海女さんで、料理がうまい上に半端なく量が多く、芸能人やテレビ局も取材に来ていたのだ。最近では有名なお笑い芸人も訪れたというので、その魅力は現在三代目の娘さんに引き継がれ、健在だ。顔を出すと「おかえりなさい」とばかりに温かく出迎えてくれたおばあちゃんのことは今でも時折思い起こすことがある。本当にいい思い出である。

※おしん
テレビドラマ最高視聴率62.9%を記録した1983（昭和58）年放送のNHKの連続テレビ小説。戦後の混乱期を大変な苦労をしてけなげに生き延びた少女の生涯を描いたもの。作品に描かれる不遇の少女時代は日本だけでなく文字通り世界中の涙を誘った。

『小春荘』を知ったのは、私の数年後に入社した本間さんという人から教えてもらったのがきっかけだ。彼と『小春荘』の関係はよく知らないが、とにかく「いいところを知っている」と連れて行ってもらったのである。以来、私の車で友だちや社員のみんなでよく行ったものだ。

天野勇吉さん（左）、高橋勇一（右）さんとともに、たらふく食べて、おおいに笑って。そんな思い出が詰まっている『小春荘』

本間さんは酒豪で、一晩でウイスキーを一本（７２０ml）ひとりで飲んでしまうほどだった。そのため、彼の奥様は当時酒を飲まなかった私と出かけて歩くのが一番安心のようであった。そんな彼も50歳という若さで脳梗塞で亡くなってしまう。まさしく飲み過ぎだったのだ。なんとなくひとつの時代が終わってしまったような気持ちになったが、私自身は今でも『小春荘』に通っている。「色々な方が泊まりにくる中で、芸能人以外で顔と名前が一致するのは苅宿さんくらいだよ」と『小春荘』の奥さんにはよく言われる。名前も珍しいからかもしれない。子どもが生まれてからも変わらず足を向けているが、最近は少々遠ざかっている。

よき仲間

遊び仲間で最も長い付き合いなのはきっと、前にちょっと述べた高橋勇一さんだろう。私が入社3、4年目のころ、大原町の工場は有限会社 光和化研（のちの光研）社長の大野さんに設備、顧客ごと売却した。その時に光和化研の営業の高橋勇一さんと知り合い、これが縁で現在でも彼とは友だち付き合いをしている。51歳で他界した私の弟とともに、彼とは毎年、神奈川の真鶴に泳ぎに行ったものだ。当時は休みが日曜日だけだったので、朝5時ごろ家を出て一日目一杯泳ぎ、また車を運転して帰ってくる。たった一日の休みでも早朝から深夜まで無駄なく遊ぶのである。そんな風にして、30歳くらいまでは会社の仲間や友達とよく真鶴に行っていた。海岸の岩場でバーベキューをやっていたのだが、1975年ごろは誰一人外で豪快に料理して食べるなんてことをやっている人はいなかった。まさしく我々が日本におけるバーベキューの元祖に違いない（笑）。帰りの国道136号が混むと、遠回りしてでも空いている箱根ターンパイク経由に進路を変更。大観山の頂上でガスコンロでお湯を沸かしてカップラーメンを食べたりもした。東京にたどり着くと夜10時ごろになっている、そんな休日を過ごしてきたが、翌朝はまた、仕事人間に戻るのであった。

広がる遊び友だちの輪

30歳の頃、「常盤台三十路会」なるものを作った。今でいう「アラサー」のメンバーを集め、1月～3月の時期に日帰りバス旅行をするのである。冬場に開催するのは、シーズンオフのため2階建てバスのレンタル費用が安くなるから。ただし、人数的には最低でも25～30名集めなくては会費が高くなってしまう。少しばかり大変ではあったが、これも私の仕事である。得意先、外注さん、私の友達、仲間の友達……全員初対面同士のメンバーなのに、和気あいあいのバス旅行。酒癖の悪い人が1人もいなかったのも幸いであった。これぞまさにタモリの〝友だちの輪〟のようなものである。

静岡県・伊東の浮山温泉、福島の塩谷岬や山梨の石和温泉など、一年に一回計画し、東武東上線ときわ台駅に集合しよく行ったものだ。はじめは男ばかりだったが、数年後は日帰りにしていたこともあり、女性の参加者も増えてきた。実は私の女房もこのツアーに参加したことがある。浮山温泉の坐漁荘では宴会場を使わせてもらい昼食をいただいたのだが、そこに金屏風があったので前出の高橋勇一さんが、ふざけてその時はまだ結婚していなかった今の女房と金屏風の前で仮祝言だ、などとやらされてしまった。当時は彼女とはそんなにお付き合いはしてなかったように思うが、これもご縁だろうか。この会は皆40歳を過ぎてくると、それぞれ家庭を持つなどして忙しくなり、なんとなく消滅してしまった。

もう一つ、30歳から行っているのは、泊りで行く競馬ツアーだ。私の友だちで、かつ得意先でもある東和シリンダー工業の天野勇吉さんが私と同じ福島県の相馬出身ということもふまえて、行き先は福島競馬場だ。こちらは人数がいつも8名～10名で集めやすいこともあり、今も続いていて、福島のレースがないときは新潟競馬場へ。宿泊は相馬の松川浦だったり福島の飯坂や山形の上山だったり。土曜日だけ競馬を楽しみ、夜は温泉に入り日曜日にお土産を買って帰ってくるというお遊びだ。はたして何回儲かったことか、というのもさることながら、負け惜しみでもなんでもなく、一年に一回、気の合う仲間が集まるだけでも楽しいのだ。

高級車に興味なし！ 実用第一の車選び

最近は私のスケジュールが忙しいので休みを合わせてもらっている。なぜなら足となる車の一台は私のエルグランドを使用するから。私自身家族が多く乗用車では家族全員が乗れないためこうした大型の車を所持しているが、それが仲間と出かける時の足にもなっている。思えば車もサニーからスカイライン、ホーミー、エルグランドと現在まで15台くらい乗り換えている。結婚当初はスカイライン。子どもが２人、３人と増えるにしたがい、父母を乗せると普通乗用車では乗りきれなくなり、とうとう８人乗りのエルグランドに。家族が増えるにしたがって車もどんどん大きくなっていったのである。子どものころのゴルフ場アルバイトのときに感じた〝違和感〟のせいか、相変わらず高級車には興味がなくて、車選びは実用重視だ。仲間との旅でも、福島までの往復６５０㎞は私ひとりで運転する。やはり運転のしやすさなども選ぶポイントのひとつであったにちがいない。２０１１（平成23）年の東日本大震災のあとの７月ごろ、親戚のいた仙台市泉区と福島県・相馬の地元を見舞いに女房と出掛けた際にも往復の８００㎞をひとりで運転した。日帰りだったが、エルグランドのおかげかこの時も全然疲れを感じなかった。

家族第一

結婚した当時、女房の父親が静岡県の熱海にマンションを持っていたので、エルグランドは本当に役に立った。金曜日の夜、エルグランドの後ろに布団を敷いて子どもたちを寝かせつつ東京を出発し、熱海に２泊して、道路が空いている日曜日の朝９時頃熱海を出て帰ってくる。その頃は布団を敷いても問題なかったが、今では交通違反になってしまうだろう。

苅宿家では一年に一回は必ず全員で一泊の家族旅行と全員参加の誕生食事会が数年前まで続いていた。残念ながら長女、次女が結婚してからは集まりが悪くなったものの、それでも集まれるときは集まれる人数で食事会は行っている。家族の輪を大切にし、子どもたち4人が仲良くしていくためにも、これはずっと続けていきたい。

若いころは学業と仕事を両立させていたおかげか、家庭と仕事を両立させることも私には苦痛ではない。それどころか、どちらも私の人生における非常に大切な二本の柱であると断言できる。

遊びまくって家が建つ!?

話は前後するが、こんな風に遊んでいたものの、貯蓄はそれなりにあった。35歳で結婚するまでの貯蓄は、実はギャンブルや株の運用で賄っていた。ちょうどバブル期でもあり、月に100万から200万くらいのお金を投資して月10万ぐらいは儲けていたのではないだろうか。パチンコもガラス工場へ納品に行く前の時間つぶしに、高橋勇一さんとよく蓮根の店に行って景品を取っていた。彼が私につけたあだ名はなんと〝スッポンの苅宿〟。とにかく勝つまではあきらめない！　をモットーに、ねばる、ねばる。当然負ける時もあったが、せいぜい10回に2回程度のもの。当時は三共鍍金のサラリーマンだったので給料がそんなに高くないこともあり、賭けマージャンも週に3回くらいはやっていた。勝負事には持論があって、「勝たんとして戦うべからず。負けじと戦うべきなり」を心に挑むのだ。なんて、美談に仕立てることもできないこんな話、弁護士さんに聞いてみたら、「40年も前のお話ですし、もう時効でしょう」と苦笑いしておられた。おおらかな時代の昔話である。

車は車検が2年だったので、車検から車検までの間にマージャンをして勝ったお金を貯めた〝マージャン貯金〟で次の車を買っていた。このマージャンもメンバーが亡くなってしまい現在はやっていない。

32歳のときに新築した川口の弥平町の実家の資金も、実は一部マージャン貯金から出たものだ。だから新築祝いはマージャン仲間を呼んで大騒ぎで行なった。その当時ではそこそこの坪単価の家だったので、名実ともに一国一城の主となれたことに感慨深い思いがしたものである。赤塚工務店にお願いして基礎は学校のように通し柱は四寸の節なし桧木、玄関は吹き抜きで桜の木、廊下は四釈で桧木、とかなり凝って建てたので、仲間が「この柱には裏に俺の名前を書いておけ」とか、浦和高校定時制時代の恩師・三浦先生が「2階の洋間の応接セットは俺と女房だな」などと、マージャンの負けを笑いに変えて祝ってくれたのだった。

そんな思い入れのある家ではあるが、社長になり会社の近く、現在の練馬区・平和台の住所に「中古の出物がある」と女房の親に言われたので、この初めて自分で建てた家は売却した。買ってくれた人は現在もそのまま住んでくださっているので、きっと気に入ってくれたのに違いない。

出会いが引き寄せた生涯の縁

こんな私によくついてきて家庭を守ってくれた女房とのなれそめも記しておきたい。女房との出会いは常盤台駅近くの喫茶店『志の』でのめぐり合いがきっかけだ。この店は前田商事という不動産屋が隣にはじめた店で、前田商事の社長夫人が志野焼き好きだったことが名前の由来だそうだ。その奥さんかどなたかが池袋の西口で『汀屋』という料理店をやっていて、得意先の小泉測機の協力会（泉会）がその店を会場としていたのだ。それが喫茶店を常盤台で出すのでと、ハガキが来たので行ってみたという経緯だが、そこでは色々な方々との出会いがあり、今の人生に欠かせないスポットだったと思っている。

店のマスターは『汀屋』の板前の山本康任さんで、泉会のハゼ釣りの時も偶然一緒になった。魚釣りの趣味のおかげもあり非常に仲良くさせていただいた。また、昭和48年に前田商事に兄弟で入社した、小宮山利雄さん、一雄さんとの出会い。自社工場建設の際のすったもんだ（※後述する）や、自宅建築の売買手続きを手掛けてくれたのがこの２人である。２人とも職場の隣が喫茶店ということもあり毎日のように店に出入りしていたようだ。長男の利雄さんと話をするようになったのは、店に行き出して2年目くらいからだったのではないだろうか。ほかにも東京田辺製薬（現田辺三菱製薬）のＭＲ（営業）が休息の場として利用していた。私も元光和化研営業で友人づきあいにまで発展した高橋勇一さんとほぼ毎日のように顔を出していた。なにが魅力だったといえば、店の知り合いの紹介で、開店当初からのお客ということで、特別に挽いてもらった豆をボトルキープすることができ、一杯１５０円から２００円という格安でコーヒーを飲むことができたのだ。豆はキリマンジャロか、モカがお気に入りだった。

本題の女房の話に戻ろう。店が開店して3年目ごろには常連客たちが冗談話で盛り上がるのが常で、アルバイトの女性たちも含めて店の奥の方は溜り場のようになっていた。5年ほどすると、マスターが東京・中野新橋の先の弥生町でこんどは『ワンポンド』というステーキハウスを始めるという。みんなで開店祝いに来てよ、というので、特に仲のいい常連客6、7人で行くことになったのだが、なぜかいきなり私が開店祝いのスピーチをさせられて大変焦った。なにしろ当時は人前で恭しい挨拶をすることなどまったくなかったのだ。何を話したか覚えていないが、誰もが笑顔で温かく楽しい会であったことだけは印象に残っている。

その日、帰宅する常連客を車で送ってほしいと請われ車を出したが、その送った中にのちに女房となる孝恵がいた。当時彼女は25歳、私は34歳で、平和台の彼女の自宅まで送る途中、世間話をしたのが始まりだ。このときはまだ結婚を意識していたわけではないが、ここから『志の』の常連客なども交えた友人同士の付き合いに彼女も顔を出すようになった。すると、高橋さんが彼女と付き合うよう強く勧めてくる。34歳で〝いい年〟の私への「早く結婚したほうがいい」との親心（?）だという。そうこうするうちにだんだんと互いに意識するようになり、すんなりと結婚話がでてくるようになっていった。

当時私は両親と一緒に住んでいたので、結婚の条件は「両親との同居」だった。長男は親の面倒をみる、というのが当たりまえだったのだ。そんな中、孝恵は「私は母が教師として働いていたため子どものころは祖母に面倒を見てもらっていたので、年寄りにはあまり違和感がないから」と言ってくれた。とはいえ、他人なので不安ではあった。特に私が35歳で孝恵が26歳。当時は女性の結婚年齢として26歳は普通だが、男性として35歳まで独身というのは遅い方だった。自分で言うのもなんだが、このころはサッカーなどして若く見られ、高橋さんが冗談で28歳と言っても通るほど。孝恵自身、私が何歳かは知らなかったそうだ。

とはいえ、私自身は年齢を誤魔化すつもりなどこれっぽっちもなかったし、特に公務員一家の彼女にはこの年齢差は気になるのではと思い、当時は私の方から結婚するのはやめたほうがいいと彼女に伝えている。彼女の結婚相手として他に候補がいたわけではなかったようだが、自宅に挨拶にうかがった際、お父さんはやはり私と会ってはくださらなかった。お母さんは先生ということもあって、お茶をだしてくださった。はじめのうち2、3回は顔を合わせることはなかったが、それもそのはず。なにしろ35歳のサラリーマンで、しょっちゅう残業があるのだから、大切な娘の結婚相手に望ましいとは思えなかったのだろう。だいたい、孝恵の実家・米持家はお父さんが都庁の住宅局（当時）勤務、お母さんは小学校の先生、長男は練馬区役所勤務、お母さんのお父さんは本郷消防署長と、まさに役人一家なのだ。つい「私ごときは」と思ってしまってもいたのかもしれない。が、４回目くらいでとうとうお父さんが会ってくれることになった。そのときなにを言ったのか、もうよく覚えていない。きっと私もかなり緊張していたのだろう。だが、このときついに結婚のお許しをいただいたのである。私にはなにも直接おっしゃらなかったものの、晩年お義父さんは女房や親戚の前でよく私のことをほめていたと聞いた。年齢のことや残業のことをさておいても、女房が私と一緒になりたいと言ってくれたのだといい、そこで信用を得ることができたようだ。とても喜ばしいことだが、最近女房が「私だって子どもを4人も育てたのに、お父さんはあなたのことばかり」とちょっとむくれていた。

家庭人としてのスタート

1984（昭和59）年11月25日結婚。結婚式は半蔵門の東条会館で行ったのだが、この日は中央競馬のG1レース・ジャパンカップの日であったため、披露宴が終わるやいなや一階のテレビの前に仲間が集結してしまった。人気薄のカツラギエースの逃げきりでテレビの前で歓声をあげる仲間たち。新妻は苦笑しながらも文句も言わず、にこにこと見守っていてくれた。結婚早々これである。もしかして彼女は一瞬でも後悔したかもしれないが、その後の人生、今にいたるまで寄り添ってくれている。ちなみに、競馬は今も許してくれている。

新婚旅行は女房の意向で四国旅行へでかけた。道後、高知、金毘羅、フォバークラフトで神戸に渡り六甲オリエンタルホテルに泊まった。瀬戸大橋はまだできていなかった。オリエンタルホテルの天井に、会社でめっきを行ったスプリンクラーがついていたのに感動して、女房にわかるはずもないのに我が社で受注したいきさつなどを

結婚写真。当時35歳の私はたしかに実年齢よりちょっと若く見えるかもしれない

4人の子どもに恵まれ、夫として、父として、そして社会人としての責任をすべて果たそうと働きまくっていた時代

少しは育児も落ち着いてきたころ。妻が手にしているのは、次女・望が賞を取った自作の『ぽっちゃりおばけ』の絵本

話して聞かせた。新婚旅行なのに仕事のことをつい考えてしまう、こんな日くらいは忘れたほうがいいのに、それができない仕事人間だと我ながらあきれてしまった。

翌年の12月31日に長女、寿恵が誕生した。産院では休日料金、正月料金のダブルで高額になったが、女房によれば食事には鯛の尾頭付きがでたそうである。なかなか粋な配慮ではないか。一方の私は病院の外でうろうろ、年末でどこもお店があいていなかったので一人寂しくインスタントラーメンの食事を済ませたが、それでも娘の無事の誕生に、胸が躍って幸せな気持ちであった。

その後次女、長男、次男と、全部で4人の子どもに恵まれ少子化対策に貢献（笑）した私は、相変わらず多忙を極めていたが、それでも孝惠と一緒に子育てをした。現代でいう〝イクメン〟である。だが、自分の子どもを妻と一緒に育てることは私にとって当たりまえのこと。それは私の幼少時代の環境がそうさせたのかもしれない。子どもを風呂に入れるため、帰途を急ぐ毎日。子どもは全員、私が風呂に入れていた。だから納品までの時間つぶしマージャンはおしまいである。帰宅して長女を風呂に入れ、食事を終えたらまた納品のために仕事に出かけていくこともしばしばあった。

長女が生まれた頃でさえ、まだ第一土曜日しか休みがない時代だったが、妻の実家が熱海に所有していたマンションには毎月必ず連れて行った。一階には62℃くらいの源泉かけ流しの、10人くらいは入れる大きな風呂場がついていて、プールもある。２０１７（平成29）年に手放してしまったが、我が家の大切な思い出の場所である。

もうひとつ、我が家の恒例行事といえば一年に一回、日光・湯西川の『伴久ホテル（現伊東園ホテルズのホテル湯西川）』に家族全員で行くこと。最近は子どもたちが大きくなり、娘２人が結婚したこともありなかなか全員そろうことがなくなったが、今でも行けるメンバーだけでも出かけるようにしている。

また、誕生日の月は、それぞれの食べたい店にみんなで行き食事をするのも常だ。私と女房は平和台に越してきても、私の小学校の同級生の川口の悟郎ちゃんの店に行っていた。小学生のころに大会出場選手の枠を巡って戦ったあの悟郎ちゃんである。それもやはり子どもたちが大きくなるにつれめっきり少なくなり、最近は近場の焼肉屋さんに行くことが多い。

家族の死

さまざまな人生の局面で、必ず経験するのは近しい人との別れ——死である。お世話になった方々とのお別れをたくさん経験し、その都度涙を流したものだが、家族の死はまた別の悲しさがあった。

父

子どものころに小さな妹を亡くしてから、長じて次に経験したのは親父の死だった。浴びるほどお酒を飲んで、家族を泣かせた父・賢三。私が三共鍍金に入社することになったのも、親父の病がきっかけだったし、それだっておそらく酒の飲みすぎが原因なのだ。とにかく酒好きだった親父。彼の酒にまつわる〝武勇伝〟は枚挙にいとまがないくらい。あるときは酒を飲んで家へ帰る途中、よろめいたのか壁に肩をぶつけて骨を折ったり、またある時は駅の階段でこけて行きずりの学生さんに家まで送ってもらったものの、翌日「吐き気がする」というので病院にかけこむことに。なんと頭蓋骨陥没で即入院というありさまで、お袋も心配するというよりとにかく怒る、怒る……。そんな親父だったが、私が結婚して妻とも同居となってからはおとなしくなり、このころにはもう仕事も辞めていたから日がな居間でテレビを観て過ごすようになった。

酒もたばこもなかなかやめなかった親父だが、81歳のとき肺気腫に罹り入院手術とあいなった。これは親父もさすがに応えたのだろうか、退院後はたばこを一切止め、お酒も家族の誕生日のような祝い事のときだけたしなむ程度になっていた。こんなとき、満面の笑顔でうれしそうに酒を口に運ぶ姿を見て、親父は本当に酒好きなのだなぁと感心する傍ら、酒飲みが呑めなくなったらおしまいなのだな、なんて思ったものである。

あるとき、またもちょっとしたことで入院していた親父を会社帰りに見舞いに行くと、「会社の帰りか。忙しいのにいつもすまないな」などといたって元気な様子。「そうだよ、また来るよ」といつものように言って帰ろうとしたとき、「じゃあ」と珍しく親父が手を差し伸べてくる。「おう」となにげなく手を握ったのだが、これまでにこんなことは一度もなかったので、帰る道々珍しいこともあるものだと考えていた。帰宅後、お袋と妻にも「こんなことがあったよ、じいさん珍しいことだよな」なんて話をしたその2日後、親父は誤嚥性肺炎で突然他界してしまったのだ。昨日までは元気だったのに、ああ、あれが虫の報せだったのか、と思い至った。享年90歳。子どものころに遊んでもらったこともなければ、親父らしい思い出もなにひとつないにもかかわらず、なぜか晩年の親父の穏やかなイメージだけが鮮明に残っている。２００３（平成15）年の夏のことである。

弟

それから丸5年後の2008（平成20）年の7月、突然弟の英孝から電話があり、「兄貴、このところ胃が痛いと思って町の病院に行ったら、どうも大腸がんらしい」と言う。それなら大きい設備の整った病院のほうがいいだろう、お茶の水にある順天堂大学病院の高名な先生を知っているから、と話を進め、実際に診察していただくと、その日に即入院だという。急遽、義妹に連絡して入院の着替えやらその他を用意して病院に持ってきてもらった。手術はその2〜3日後。あの大病院でそれだけのスピードで手術に至るということは、緊急を要していたことは明白であった。

手術の翌日、病院に呼ばれると、大腸がんの手術は成功したものの、肝臓に転移しているとのこと。しかもその三分の二が癌に侵されていると聞かされたときには言葉もなかった。肝臓の場合、三分の一なら手術で切っても再び増幅するというが、弟の場合は残る肝臓が三分の一しかない。先生も、その良い部分を治療するしかないというので、私は大変なショックを受けた。これはもう生死にかかわると判断したからだ。案の定、弟の病状はみるみる悪化し、入院してわずか3か月しかもたなかった。

私より8つ年下で、けんかもしたことがなかった弟。大学に行きたいというので、その入学金や学費を私が働いて捻出した。長男だし、26歳だし、そんなこともあたり前だと私は思っていたが、大学2年になるころには母がさすがに見かねて「兄ちゃんにばかり頼るな」と言ったらしく、彼もまた、自分でアルバイトをして学費を稼いだのだ。お互い勉強をするために苦労したよな。まさか先に逝ってしまうとは思いもしなかった。

弟には娘が２人いて、弟が亡くなった当時は中学と高校生だったと思う。上の子が杏林大学の看護学校、下の子が保母さんになるために高校から専門学校へと行き、私も保証人になるなどして２人とも無事に就職、独立することができた。英孝亡き後、電子部品工場で働きながら姪たちをひとりで立派に育ててくれた義妹には感謝しかない。就職して数年後、２人とも同時期に結婚したが、弟の遺影の前での結婚式では感極まりボロボロと涙が出たものだ。自分の娘の時は泣きもしなかったのに。今は２人とも子どももできて、幸せな家庭を築いている。弟もきっと安心しているだろうと思う。

母

弟が亡くなるまでの間、毎週土日のどちらかに女房と弟の見舞いに行っていたが、体調のよい日と悪い日が極端に違う。あるときは楽しく思い出話などをし、またあるときはまったく話すこともできず、ただ気をもみながら帰ってくるといった具合であった。ある日には「兄貴、正月には退院して家で過ごせるよな」と弟が言うので、「そうだな、正月は一時的にでも退院できるよ」と慰めのウソの言葉をかける。ちょうどこのころ、89歳のお袋も入院していて、認知症もなく頭もしっかりしていたが、心配をかけまいと弟の病状を伝えることはせず、ひたすら週末に弟と母をそれぞれ見舞ってはたわいのない話をしていた。ただ、虫の知らせか、弟の亡くなる3日ほど前に、気が向いてお袋を弟の病院に連れて行き、ふたり久しぶりに顔を合わせて話をした。それがお袋が弟と顔を合わせた最後となった。まさか自分よりも先に息子が亡くなるなどと考えもしなかったお袋には大変なショックだったようだ。そのせいか、少々鬱っぽくなり92歳で自ら命を絶ってしまった。

大正9年生まれの母にとって、長男は家族の面倒を見て当たりまえの存在だった。とにかくなにがなんでも「充《みつ》!」と私を呼びつける。私が結婚してからも両親との同居を続けていたし、必要なものはもちろん、なにを買ってプレゼントしても当たりまえで礼を言うこともなかった。だが、弟のことはことのほかかわいがっていて、年に一度の誕生日に洋服などをプレゼントされようものなら大騒ぎ。どんなにうれしいか、感謝しているかをいつまでも話すのであった。「俺なんかしょっちゅうお袋にプレゼントしているのになぁ」なんて、女房につい愚痴ったこともあったが、これも長男だから仕方がない。気に病むことはないものの、とにかくそんな調子なのだ。弟は妹が亡くなるつい4か月前に生まれたばかりで、しかも子どものころは身体が弱かったから、なおさら特別にかわいかったのかもしれない。

その弟の死が一番のショックだったのだろう。母は2度にわたって自殺を図った。当時、知り合いが近所に老人ホームを建てたのでそこに入居したいと言い出し、別居となっていたときのこと。一度目は未遂に終わり、施設から連絡を受けて病院へ駆けつけた私に「本当にごめんなさい」というので安心した。だがその2日後、また行動を起こし今度は助からなかった。我々と一緒に生活していたら自死をするなんてこともなかったかもしれないと悔やまれる。

青天の霹靂!? 皆勤記録に終止符

家族のこともさることながら、それから10年の時を経て、とうとう私も数十年の皆勤記録に終止符を打つことになった。

2019（平成31）年3月19日、推理作家・江戸川乱歩も食したという神田神保町の有名な天ぷら屋「八巻」で天ぷらをいただき、お土産でもらった天かすを翌日の20日にたぬきうどんにして食べた。ちょうどお彼岸のときだったが、その翌日に横腹が疼いたため墓参りを断念。家で休むことにした。さらにその翌日の土曜日に喘息で普段からお世話になっている風見医院で先生と世間話がてら胃潰瘍の話をすると、「胆のうかも？」と言われた。さっそく月曜日の朝8時に予約を入れ、エコーで診ていただくと、胆のうの中に砂と石が見つかったのだ。摘出か否かは本人の意思だというが、東京都立健康長寿医療センターの金澤伸郎先生を紹介してくださるというのでそちらでもセカンドオピニオンを求めることに。というのも、私的なことながら5月から東京都鍍金工業組合の理事長になり、さらに全国鍍金工業組合連合会の副会長という大役が待ち構えている。この際、胆のうのほかにも検査をしてもらっておけば安心だろうと思ったのである。

検査の結果は、胆のうの摘出が望ましいとのこと。人生69年7か月（当時）にして初の入院・手術と相成った。28歳から69歳にいたる41年間、有給休暇すら取得せず働き続けてきた私にとって、それは大変なショックであった。4月24日入院で25日が摘出手術。もう、まな板の上のコイである。ただし、ほかにはなんの病気も見つからなかったのには胸をなでおろした。

手術は3時間半で無事終了とのこと。入院中はそれほど痛みもなく、先生に無理を言って「（元号が）平成のうちに退院させてください！」とお願いすると、傷口の状況しだい、との回答。それならなんとかなりそう、と思ったしだい。やはり早く現場にもどりたくてうずうずするのだろう。手術から5日後、晴れて退院とあいなったのである。

人生で初めての入院なので「記念に個室で一番良い部屋にしたい」と担当医に話すと、先生が「ホテルじゃないんだから！　それに選ぶのは部屋じゃなくて〝良い先生〟でしょ！」とジョークを返された。こんなところ、こんなシチュエーションでも誰とでも打ち解けるのは営業の手腕か、はたまた私の天性か？　見晴らしのよい最上階の病室は高級ホテルに負けないくらいの〝宿泊料〟だったが、とても快適で楽しい入院生活であった。

健康な身体があればこそ

こうして自分が病に侵されてみると、健康というものの大切さを痛感するものである。

トンビが鷹を産むわけもなく、4人の子どもは全員ごく普通に育ってくれた。親の後ろ姿を見てくれていたのか、誰も大きな病気をせずグレもせずいじめなどもなく、ほとんど中学、高校を休まなかったようである。子どもたちが健康なのは遺伝かもしれない。なにしろ私も女房も結婚してからインフルエンザにすらかかったことがなく、私など結婚する前から一度もかかったことがない。子どもたちが小学生の頃は全員に泳ぎ、逆上がり、自転車、男の子にはサッカーを教えたものだが、実は今も孫に泳ぎにサッカー、逆上がりを教えている。70歳超の現在も、逆上がりは現役なのだ。……ただ、逆上がりはできるが、最近はやれば目から星が出るようになったけれど（笑）。

最近はもっぱら孫とでかけることが多くなった。なかなか夫婦だけで温泉に行くことはできないもので、下の子が大学生になったから、少しは行けるかと思いきや、今度は長女の孫の保育園の送り迎えが始まった。朝は7時に送り出し、夕方は17時にお迎えに行く。これはすべて女房がこなしていた。娘が仕事から帰って来るまで娘のマンションで孫と一緒に留守番をするので、自宅に戻ってから食事作りを始めると夕食は20時半から21時になってしまう。こんな生活が週に3日ほどなので、女房が倒れないか、心配だ。今は孫も小学生になったので、お手伝いなどもできるようになっているが、やはり子育ては子育て。気を抜けないものである。

娘は小学校教師だが、この仕事はブラックというよりむしろ闇だと思う。私は口癖のようによく言うが、小学校教師は他人の子どもは育てられても自分の子どもは育てられないほど忙しい。これをなんとかしてもらうべく、代議士の先生がたに小学校、中学校の先生の増員や教育改革、タイムカードの導入などをお願いしているところだ。とにかく心身ともに健康であること。それに尽きる、と考えるようになった。

私の心得

- 人の痛みのわかる人
- 人のために泣ける人
- 勝に勝あり
- 勝たんとして戦うべからず負けじと戦うべきなり
- 人を活かして自分を活かす
- 仕事人生そのものが歴史
- いつも〝今〟ここに全力投球する生き方
- 恩に報いる
- 日々コツコツ
- 忙しくても心に余裕を持つ

お世話になった方々へのお供え

お世話になった方々の月命日には自宅の仏壇にそれぞれの好きだったものをお供えしている。酒が多いが、私は晩酌をしないのでそれらは給料日になると酒好きの従業員の晩酌ボーナスとなる。

創業者・先代社長　田中　光熙《みつひろ》　平成6年7月22日　紹興酒または日本酒
創業者・前工場長　岡田　功　平成21年10月25日　コーヒー

遊び仲間・めっき工場社長　諏佐　文男　平成19年1月5日　八海山（日本酒）
悪友・不動産　小宮山　利雄　平成20年7月8日　ウイスキー
ソニー生命保険　川口　泉　平成29年12月31日　芋焼酎
ツツミ金属　石丸　良治　平成30年6月23日　焼酎または日本酒
産廃業者社長　星合　明　平成31年2月17日　日本酒

父　苅宿　賢三　平成15年7月2日　日本酒
妹　苅宿　典子　昭和32年7月4日　お菓子
弟　苅宿　英孝　平成20年10月21日　焼酎
母　苅宿　房子　平成24年4月19日　お菓子

社長室に掲げた創業者
先代社長 田中光熙の写真

第9章

成長と苦境と、大きな転機

貴重な出会いとヒット商品

さて、だいぶ話がそれたが、また仕事の話に戻ろう。

家庭をもったり家を建てたりして私生活がさらに充実し始めた1985（昭和60）年ごろは、会社も成長の一途をたどっていた。その過渡期にお世話になった笠原祥三《かさはらしょうぞう》さんと出会ったのもちょうどそのころだ。

先代社長の友人の紹介で、日本硝子の尼崎工場長をしていて定年退職をされたあと、ガラス関係の会社の顧問をしておられた。偶然、先代の誕生日と3日違いということもあり、ガラス業界に顔が効くのであればということで三共鍍金のガラス関連会社の顧問として月水金の週3日、我が社に来ていただいていた。横浜の港南区から約2時間かけて9時に出社。田中社長も笠原さんも大正9年1月生まれだったこと、また、笠原さんは海軍で、落下傘降下作戦で知られるインドネシアのパレンバンにいた経験があり、言葉にはどこか重みがある。私の父も戦時中は大連、北京へ赴任したことがあり、笠原さんに父親像を重ねていたと思う。律儀で几帳面な仕事ぶりはよく見習ったものだ。

私はこの頃、関東圏のガラス工場はほとんど営業で回っていたので、よく笠原さんにも同行していただいた。前述のように日本硝子の尼ヶ崎工場長をしていたことで各ガラス会社の重役さん達も一目置いてくださるので、私自身営業がやりやすかったのだ。「よろしおますなー」「あきまへんなー」と、やんわりと、でも的確にアドバイスや指示をしてくださるから、嫌味がない。一緒にいて心が落ち着く、そんな存在である。

在りし日の笠原祥三さん（左）と、ホテルニューオータニでの忘年会。実直でおっとりしたお人柄で、父のような存在でもあった

彼が会社に来ているときにちょうど前述のニボフラムめっきの口型※が軌道に乗りはじめ、多忙を極めたが、その分彼には共に歩んできたという絆を感じるのである。

笠原さんは先代の田中社長の紹介であったこともあり、１９９４（平成６）年に社長が他界されたとき「会社を退きます」とおっしゃったが、私が次期社長になるので「ぜひ残って応援してください」と無理を言って残っていただいた。すると翌年、１９９２（平成４）年から我が社で開発していた荏原製作所のターボ分子ポンプのめっきがヒットし始めた。３年かかって

※ニボフラムめっきの口型
『リポビタンD』や『ファイブミニ』等の飲料ビンの口の部分のメッキは特殊なニボフラムめっきの組み合わせであった。

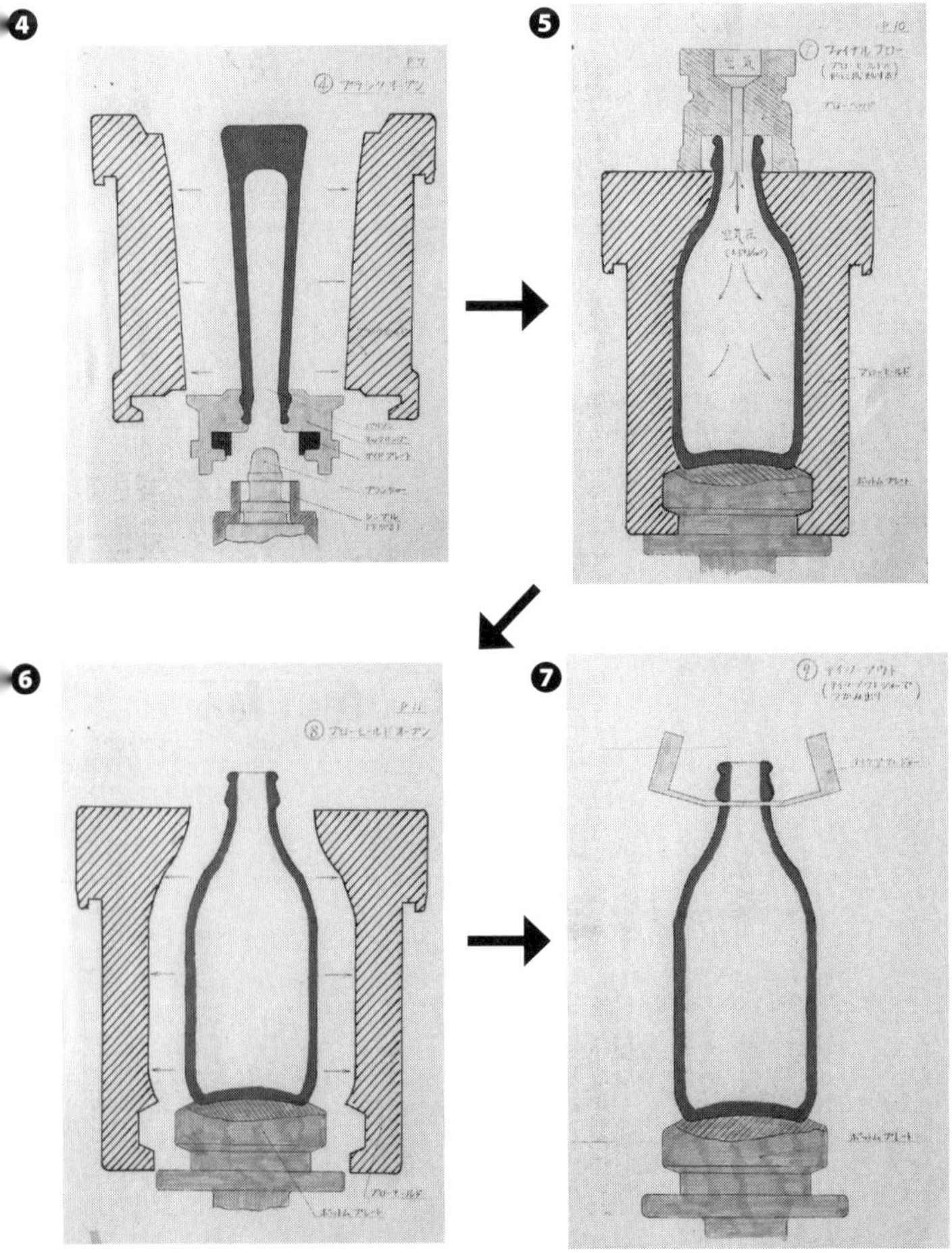

❹
④ ブランクオープン
❺
P.10
⑦ ファイナルブロー
❻
P.11
⑧ ブローモールドオープン
❼
⑨ テイクアウト

リポビタンＤのガラス瓶の製造工程

笠原さんが手描きしてくださった、リポビタンDのガラス瓶の製造工程。口金部分と本体は別々に金型を製造し、組み合わせて使うなど図解のおかげで非常にわかりやすかった。ここまで詳しい作図ができたのも、かつてガラス会社に勤務していた笠原さんならではである。こんなめんどうな作図作業も買って出てくださったことに感謝してもし尽せない

❶

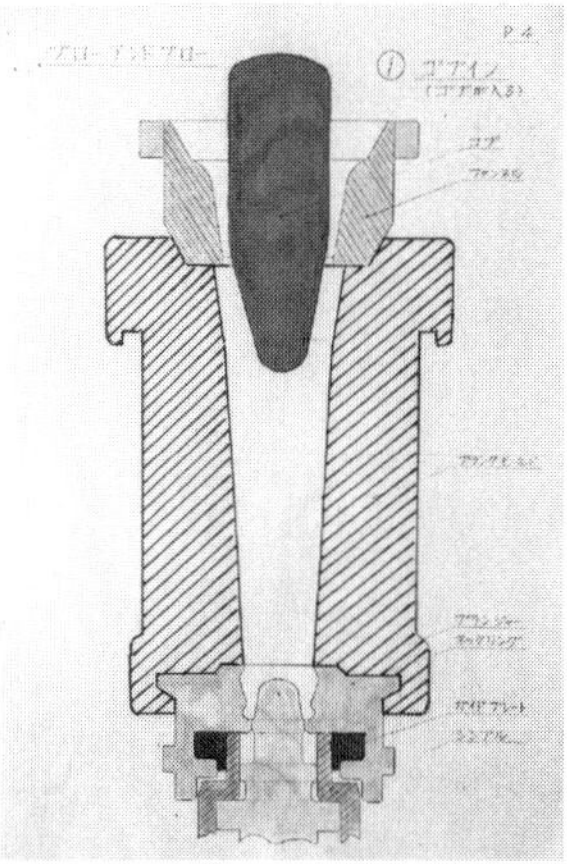

❷

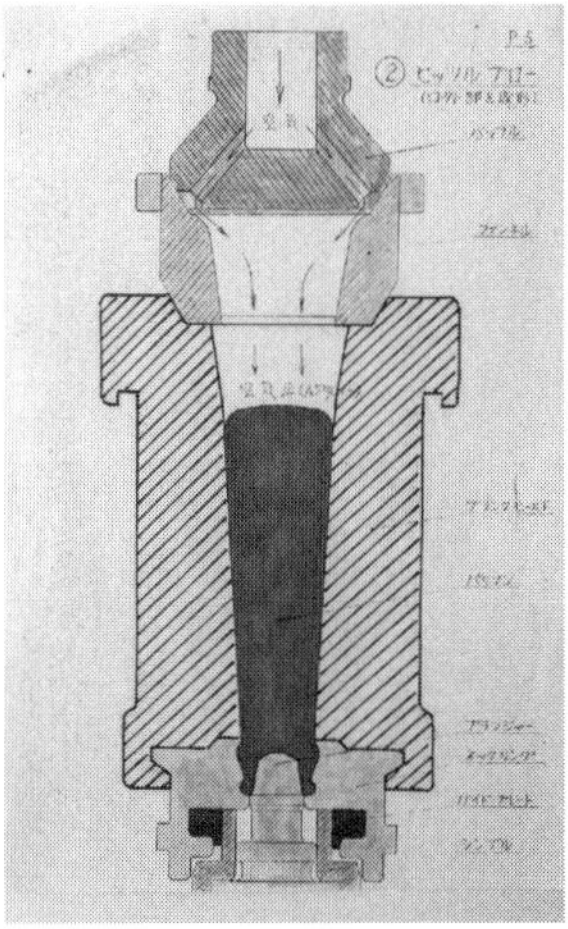

❸

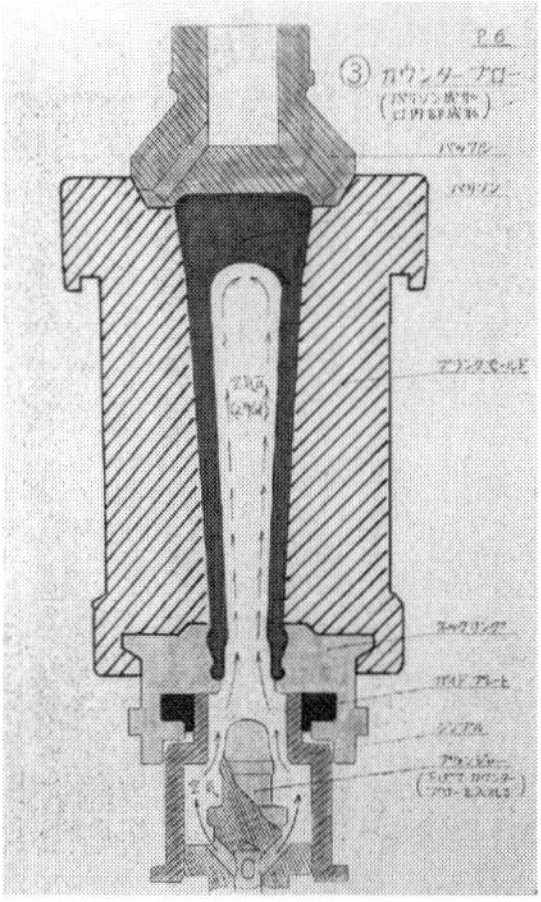

1995（平成7）年からやっと陽の目をみたのである。笠原さんも私が開発に苦労していたのをご存知だったので大変喜んでくださったが、先代もかなり気にしていただけに、このヒットを先代が見ることなく逝ってしまったことだけは残念でしかたがなかった。

田中社長の逝去

三共鍍金創業者のひとりである田中光熙《みつひろ》社長が73歳で亡くなったのは前述のとおり1994（平成6）年のことだ。私にとっては生涯かけて恩返しをすると誓ったほど大恩のある方だが、とても厳しくワンマンであったこともまた、印象的だ。

時は平成に移り、世の中は週休2日制に移行していたが、田中社長にかかれば「日曜日も休んだうえに土曜日も休むのか」と言うしだいである。忙しいときに休みをとれば、「あいつにはもう来ないでいいと伝えろ」とまで言う（もちろん実際にはクビにするわけではないが）。とにかく仕事に厳しい人物で、私は16歳で田中社長のもとに来てから「これがスタンダード」と思って仕事をしてきたために非常に鍛えられたわけである。なにしろ「やればできる。必ず方法はある」というのが田中社長の考えだった。だからこそ、私も営業で新たな市場を開発し、かつそれまでめっき業界で誰もなしえなかった技術も、実験を繰り返して実現するに至っているのだ。わからないことを「わからない」というと叱り飛ばされた。負けず嫌いの私は、経済学部の夜学生であったころも仕事で化学や機械について疑問点が生じたら、得意先の工場の人などに教えてもらったりして独自に勉強し社長の期待に応えようとした。その結果、私は経理、営業、技術のすべてをカバーできるようになっていたのだ。どこへ行っても「苅宿さんはめっきい屋さんなのになんでそんなに機械のことに詳しいの」とか、「あなたはなんでも必ずやってくれるから」と信頼を得ることができたのも、ひとえに田中社長に鍛えられたからにほかならない。

厳しいながらも常に社員のことを考えてくれていた創業者の田中社長（前列左から２番目）。その左隣から著者、創業者のひとり岡田功、著者を三共鍍金に紹介した叔父の加藤哲夫

晩年の田中社長は会社にはあまり来なかった。「ワシが行くとうるさいだろ」とよく言っていた。そして、私が30歳になったあたりから常に言い続けていた、「お前がこの会社をやっていくんだ」という言葉。厳しかったが、社員

のことを考えていないわけではなかったというのがよくわかる。なによりも、定時制高校時代、私が遅刻せず学校に通えるように、と定時よりも早く帰らせてくれたり、簿記学校に通わせてくれたりと、〝まず与える〟人であった。

それを物語るのが、我が社にかつてあった「生産手当」だ。売り上げ目標をクリアしたら、その余剰分は社員全員に均等に分けてくれていたのだ。まじめに働いていれば、毎月のようにボーナスがあるわけだ。税法上の問題があるのでそれはのちに取りやめになったが、田中社長が単なるワンマンで私利私欲に走る人ではなく、従業員のことを考えていた人であったということはこのことからも明白である。その先代社長から、私はバトンを渡されたのであった。「苅、『三共』の名前だけは残してくれよ」という願いとともに。

田中社長は急逝であったため、急きょ夫人の英子氏が社長に就任した。とはいえ、それまでになにかと運営を任されていたこともあり、私が正式に社長に就任するまでの間も運営は私が担っていた。引き継ぎなどなく、いきなりの社長業である。ただ、得意先の7割が私の開拓したものであったし、銀行すら直接やりとりしていたのは私だったので、いちいちあいさつ回りなどする必要もなく、すんなりと新社長として馴染むことができた。ひょっとしたら、実はこれも先代社長のもくろみだったのかもしれない。

独自技術『サンキョウコート』の誕生

そうして田中社長から鍛えられた私の、最初の恩返しとなったのが我が社の独自技術『サンキョウコート』である。

１９９３（平成５）年のある日、近所にある山和機械の長野勝建社長が旧前野町の三共鍍金の工場にターボ分子の部品の一部を持ってお見えになった。「実はこれ、荏原製作所の品物なのですが表面処理はできますか？」とのご依頼だ。めっき的にはなんとかできそうだったので、可能であることを伝えると、「では明日、一緒に荏原製作所に行ってもらえませんか」となり、もちろん承諾。話が進んだ。

荏原製作所の神奈川県藤沢工場へ出向いてみて、30万坪の敷地の大きさにびっくり。小さな町工場である我が社に、こんな大きな企業が仕事を発注するのか？と、ただただ驚きであった。その日は調達課の寺坂昇さんが山和機械のご担当であったため、彼からいろいろな質問をされた。後日、調達課長の馬場國廣さんを紹介され、改めて説明をうかがう。曰く、ターボ分子ポンプの内臓品の部品（アルミ）の腐食が激しく長持ちしないので、腐食を抑えることができないだろうか、ということである。

いつもならまずは引き受けて、あとはなにがなんでもうまくやるという気概で臨んでいたが、今回の相手は大企業。コトは慎重に運ぶ必要がある。そう判断した私はひとまず「それは実験してみないことには何とも言えません」と答えるにとどめた。すると課長は「設計部隊を集めるので、ぜひまた話を聞かせてほしい」とおっしゃる。指定された日に荏原製作所を再訪することになった。

果たしてこの日、通された部屋には設計部隊のそうそうたるメンバーが集まっていた。実はほとんど東工大卒というエリート集団だったのだという。そんなことは知らないものだから、我が社の得意分野である表面処理の話をひととおりしたのだが、後日寺坂さんにやんわりと諭されてしまった。「苅宿さん、先方にもプライドがありますから、今後は気を付けて話してくださいね」とのこと。仕事上必要なことを当たりまえに話したつもりだったが、もう少し相手を〝たてて〟ほしいというわけだ。そうか、これまでは誰にでも対等として付き合ってきたが、相手が大企業となるとこういうことも気にせねばならないのかなと思ったものである。

とはいえ、荏原製作所の求める品を作るためさまざまな実験を繰り返すこととなったが、これがまた細かい。この条件ではどうだ、この場合ではどうだ、といくつも試作品を求められ、その都度私がひとりで試行錯誤する毎日。それが功を奏して、当時同社が採用していた某大手企業の処理方法と我が社が独自開発した技術を恒温槽（昼30℃、夜10℃）で暴露テストをしたところ、我が社のテストピースのほうが腐食増量が少ないことがわかり、我が社の技術を採用する運びとなった。これがのちに『サンキョウコート』と名付けられた我が社の独自技術である。

すべてを丸く収めて

あとから知ったことだが、実は荏原製作所が部品のめっき処理をする会社を新しく探していたのには、わけがあった。前述のとおり、荏原製作所のその部品にめっきを施している会社はすでにあったし、しかもその会社はその処理に関して独占的なシェアである。しかしその会社は荏原製作所に負けず劣らずの大企業で、発注者（荏原製作所）と受注者（大企業）という立場であっても微妙なパワーバランスがあったようなのだ。そこで思い出したのは先方をたててほしいという寺坂さんの言葉。このような事情もあって、あのようにおっしゃったのだろう。いろいろあるものである。

もっとも、大手と比べコストを低く抑えられることもあり、荏原製作所としても我が社のような町工場に発注することは願ったりかなったりだったのではないだろうか。我が社としても、月３００～４００万の売り上げがあれば、程度に考えていたが、それを数倍上回る破格の売上金額となり、まさにＷｉｎ‐Ｗｉｎのめぐりあいであったといえる。のちに本部長から取締役工場長にまでご出世なさった馬場さんに、当時どれだけコストダウンできたのですか、とうかがってみたところ「それは秘密です」と笑って教えてくれないのであった。

この耐食性のよい処理法は、荏原製作所に技術採用されてからずっと私が一人で研究・開発を続けていて、３年後の１９９５年（平成7）年1月からやっと荏原製作所から正式に受注となった。先代の田中社長が他界してから半年後のことであった。このときはちょうどめっき業界的にも我が社的にも多忙を極めた時期であり、営業の仕事のあとに私がひとり、工場であぁでもないこうでもないと試行錯誤しているのを「まだやっているのか」と先代社長はなにかと気にしていた。はじめに寺坂さんから相談を受けてから約2年が経過していたので、ちゃんと仕事になるのだろうか、ということも懸念材料であったのに違いない。その間「必ずうまくいきますから」と社長に言い続けてきたので、なんとか社長のご存命のうちに仕事になればと願っていたが、残念ながらそれは叶わなかった。とはいえ、それまで3億７０００～８０００万円であった我が社の売り上げが一気に5億円超になったことで、先代社長も喜んでくれているのではないだろうか。

後日談だが、実は最近、全国鍍金工業組合連合会で武田技術顧問と会う機会がしばしばあり、この荏原製作所の耐食性に優れた液の開発話になった。彼は「私も昔荏原ユージライト（現ＪＣＵ）というメーカーで開発を進めていたのですが、うまく行かなかったんです」とおっしゃっていた。この画期的な液を開発するのに、多くの会社が努力していたことを裏付けるお話である。

『サンキョウコート』のその後

この『サンキョウコート』は、他社に真似のできない技術であることが幸いして、長きにわたって我が社の看板技術として活躍している。

２００４（平成16）年には台湾高速鉄道（通称：台湾新幹線）への車両技術の輸出を目的に新幹線Ｎ７００系の車両※テストが行われていたが、誘導装置の重要部品に『サンキョウコート』を施して入札した。通常は無電解ニッケルでめっきするところ、独自技術を用いたのは偶然というかなんというか。24歳ごろから台湾に行っていて、土壌の悪さを知っていたからだ。当時、タクシーに乗ると床に穴が開いている車両が多く、道路が見えているということがよくあった。前述のとおり、台湾の土壌は硫酸と鉄分が多いのだ。それを思い出したのである。

※新幹線Ｎ７００系車両
東海道新幹線、山陽新幹線、九州新幹線で運行している車両系統のひとつ。
高速性、快適性、環境性、省エネルギー化に優れ、現在も主力車両として活躍している。

入札された各社の製品は塩水噴霧器でテストされ、我が社のものが最も錆びなかったということで翌年に我が社製品がJRに採用された。なんといっても320車両分である。すべての部品にめっきをするのに1年半かかってしまったが、かなりの売り上げとなった。

この案件は田宮営業課長が担当していたため、当時のボーナス時には彼の細君に宛て「彼のおかげでこの仕事がうまくいった」といった旨の感謝の手紙とともに金一封も送っている。

また、台湾新幹線が2007（平成19）年1月に晴れて開通した時には、東京都鍍金工業組合城西支部振興会の仲間10人くらいでツアーを組んでわざわざ台湾まで乗りに行った。広くて、日本の新幹線よりいいんじゃないか？ なんて笑いあったものだ。

また、2020（令和2）年にNHKで放送されたドラマ『路～台湾エクスプレス～』も、ストーリーはさておき感慨深い思いで鑑賞した。やはり自分で生み出した技術をほどこした部品が使われているというだけで、まるで子どものように行く末が気になるものなのだ。

ちなみに、国内の新幹線N700系に関しては、土壌が違うため台湾と同じ部品での採用ではないものの、今も採用され続けている。ただ、残念なことに2021（令和3）年度の台湾新幹線の入札では、台湾側の希望価格よりも日本企業連の提示した

日本の新幹線Ｎ700系

現在も我が社で受注している日本の新幹線の部品。台湾とは土壌が違うため、日本向けの部品は特殊めっきではない。

現在、台湾新幹線は、新幹線700系車両の改良型で運行している

我が社オリジナル技術の特長

『サンキョウコート』は普通の無電解ニッケルめっき液の改良型だ。従来のものに比べ耐食性に優れており、いまも腐食増量の少なさでは国内トップである。

また、硬くクラックの少ない『サンキョウハード』、株式会社ワールドメタルとのタッグで実現した『ニボフラム』も当社自慢の技術。アルミニウムに『ニボフラムめっき』したものをドライバーでこすってみてもキズひとつつかないどころかドライバーのほうが削れるほど。この強度が評価され、Ｆ１自動車の部品にも採用されている。

額が高かったため、台湾は入札を断念。結局、いまのところ台湾向けの新しい新幹線は日本で製造しないことに決まっている。

第10章

波乱万丈！からの安定期へ

悲願の新社屋

また社長になりたてのころに話を戻そう。

ニボフラムも軌道に乗ってくると、こんなに売り上げがあっていいのかと思うほどの金額になった。荏原製作所関連の売上高は最高では月額1500万円ぐらい、平均で月800万円くらいはあっただろう。2年半ほど続いた時点で、40数名の中規模な会社であるにもかかわらず5億円超の売り上げとなり、会社に体力もついてきたので前野町の古く薄暗い工場から新工場建設を考えるようになった。

めっき工場は環境保全への取り組みが重要で、めっき液が漏れだして土壌汚染しないよう床は防水性の高いＦＲＰ（繊維強化プラスチック）でライニング※をしたり、排水設備の漏れ対策に厳重に厳重を重ねたりと、やらねばならないことも多かった。かくして、1996（平成8）年に自己資本と銀行の借り入れで新社屋（現若木工場）新築へとあいなったわけである。その建設費用は実に6億5000万円。我が社のような中小企業にとって一年間の売り上げを上回るとなると大変な額ではあるが、設備には十分こだわりたかったのだ。

というのも、ひとつは前述したとおり環境問題への配慮だ。土壌汚染をしないこと

※ライニング
表面または内面に定着可能な物質、物体を比較的厚く覆う表面処理のこと。

はもちろんだが、薬剤の匂いがしたり、たとえ蒸気であっても、もくもくと煙をまき散らしては周囲に不安を抱かせる。それだけは避けたかった。もうひとつは、従業員の働く環境をクリーンにしたかったこと。私自身、若いころに換気の悪いところで薬剤を用いて作業したことで鼻血を出したりしたことがある。幸い身体を壊すことこそなかったが、従業員に同じ体験をさせてはならないと思っていた。

そういえば、荏原製作所の担当であった寺坂さんからも「こんな暗く狭い所では上司を連れて来られませんよ」と言われたことがあったのだ。その時は少しばかりショックだったが、冗談半分に「応接間で仕事するわけではないので」と反論したものだ。そんなこともあったから、私自身、なんとかヒット製品のめっきで売り上げ増になったら新工場を建てたいとずっと願っていたのだ。だから1997（平成9）年8月2日に新社屋に引越しできたときは大変うれしかった。まさに悲願達成だったのである。

というわけで、我が社の新社屋が建ったのは荏原製作所のターボ分子ポンプの表面処理のために独自開発した『サンキョウコート』のおかげである。荏原製作所のメンバーも新工場へ招待し、見学していただき、みんなで喜び合った。

本社工場。エアカーテンのおかげで工場内ではまったく刺激臭はしない。さらに扉を大きく開き、換気にもつとめている

屋上に設置された洗浄塔。ここから出てくる煙は水蒸気なので、もちろんまったくの無臭だ

工場入り口。周囲の住民から「え、ここめっき屋さんだったの？」と驚かれるほどに、匂いも騒音もなくクリーンさを保つ

新社屋・こだわりのポイント

本文にもあるとおり、新社屋建設にあたり、私が特にこだわっていたのが環境への配慮。これがひいては従業員の働きやすさにもつながっている。そのこだわりポイントとは、『ハヤテ式プッシュプルユニットとエアカーテン』。局所排気と遮断を効率よく行う。これは、産業用機器製造メーカーの株式会社ニックが、当社のために「局所排気装置」を大型にカスタマイズしてくれた。

めっき薬液の入った槽の上数十センチのあたりに強風を送ることで液体の強烈な酸の匂いを吹き飛ばしシャットアウトする。これがカーテンの役割となり槽のそばで働く従業員にも匂いすら感じさせない。吹き飛ばされた風は一か所に集められ、スクラバーという装置を通して臭気を浄化させてから屋上に設置された排気洗浄塔から水蒸気となって放出される。白い煙ではあるが、これは単なる水蒸気なのである。気温の低い冬場はもうもうとして見えるが、暖かくなってくるとあまり目立たない。

当社工場の１、２階部分は作業中開放されているが、付近に嫌な臭いをまき散らすこともなければ従業員が鼻血を出すこともない。これが私の理想とした“めっき工場”であったが、こんな“めっき工場”は当時非常に珍しかった。なによりも、従業員が「こんなきれいな工場なら、誇りをもって子どもに職場を見せられる」と話してくれたのがうれしかったものだ。

新社屋てんやわんや

泣くほどうれしかった新工場の完成。それは長年の悲願だったから、というのもさることながら、実はそれはそれは大変な思いをしてやっとこさ完成に至ったという経緯もある。

この工場の仲介の不動産屋は私の遊び仲間でもある、地元常盤台のベストホームズの小宮山利雄社長さんである。売主が同業の片寄工業と知っていたこともあって、即座に購入を決定した。250坪と広さもちょうどよかったのだが、1997（平成9）年当時、我々めっき業の特定施設というのは500㎡（約150坪）の広さまでしか認められず、残りの100坪をなにか別の施設として登録する必要がある。私を荏原製作所に紹介して下さった山和機械の長野社長に事情を説明し、機械加工工場として使用してくれまいかとお願いすると、二つ返事で「いいよ」と言ってくださった。山和機械さんも実は前野町で仕事をしていて、私どもの以前の工場とは30、40メートルほどのところだったので加工した製品をすぐ運べるから、と賛成してくださったのだ。これでありがたく不動産の売買契約を結ぶことができたのである。

小宮山社長とはよく知った仲だったので、重要事項の取り決めを互いに細かく設定して契約に盛り込むことにしていた。片寄工業は焼却炉を作っている工場だが、以前は私どもと同じめっき工場だったから、地下になにか埋まっている可能性もあるかもしれない。売買契約は我が社のメイン銀行の東京都民銀行（現きらぼし銀行）の2階で行うこととなった。その時相手方は中小企業金融公庫が同席し、売買価格3億5千万円の金額のうち、2億円を小切手で持ち帰っていたのを見て「この会社も大変なんだな」と思ったことをなんとなく憶えていた。

さて、いよいよ工事という段階になり、居抜きということで解体は当方が行うことになっていた。建物を壊しセメントの厚い土間をはつり出したら、なんと深さ8メートル、直径2メートルで容量8000リットルの、塩酸の入ったタンク、六価クロムの入ったタンクなどが出てきた。どれも3000リットルくらいの液が入ったままの状態。片寄側は土間をはつることなく、単純にこのコンクリートの上に建ててくれればと思って黙っていたのだろう。そうすれば運よくこの産業廃棄物は地中に埋没したまま忘れ去られる。だが、実際は単なる解体作業で済むはずもなく、産業廃棄物処理が必要で経費も1億円は上回るシロモノなのだ。とっさにこの時点で売買契約時に彼らが現金で持ち帰ったお金のうち、1億円がまだ残っていたはずだと思い出し、すぐに裁判と考えた。

旧工場の近くの岡村精機の川畑工場長が使ったことがあるという、西阪法律事務所に依頼することにし、瑕疵担保責任※で争うことにした。売買契約に重要事項の説明を入れておいたことが功を奏した。担当弁護士は当時若かった田中昭人さん。この後、田中先生には別件でも依頼をすることがあり、ちょっと長いお付き合いになった。後でわかったことだが、西阪先生の弟さんが、実はベストホームズの司法書士であったため、自宅のことでも何回かお世話になったのだ。こんなところにもなにかしらご縁があるものである。

新工場建設のため、買い取った土地にあった建物のコンクリートをはがしてみたら……地中からなにか出てきた！ というわけで、裁判沙汰になってしまった

裁判に1年少々かかり全面勝訴となったものの、今度は賠償額を回収するのに一苦労。損害賠償金額は2件あり、山和機械と三共鍍金合わせて約1億円、それぞれ3500万円と6300万円という額である。片寄社長の自宅その他差し押さえを取り付けたが、なにしろ中小企業金融公庫、東京信用金庫の担保が先に

※瑕疵担保責任
売買物件の引き渡し後、通常簡単に発見できない欠陥があった場合、売り主側が負う賠償責任。

ビッシリ付いているのである。競売にかけようとしたら、裁判所のほうから「任売※にして下さい」といわれた。競売よりは少しでも値段が高くなるとのことである。だが、被告人の会社と本人が自己破産してしまって賠償金がとれない。田中先生は会社がダメだった時のために賠償責任は代表者に及ぶ商法第２６６条の３「取締役の第三者責任」を付けていたが、その後社長が死亡、その息子に責任は移行したものの、のらりくらりと逃げられまったく回収できず。最終的に回収できた金額は山和機械さんも三共鍍金も５００万円ずつであった。後に聞いた話では、息子も自己破産してしまったそうである。

売却損※にすることも考えたが、６億５０００万円と金額が大きすぎてとても私ひとりでは資金を捻出できない。ただ、１９９８（平成10）年に優良申告法人として税務署から表敬を受けていたので、「５８００万円を損金で落としたら赤字になる」と税務署に申し上げたところ、それは赤字と認めない、とのこと。税法的には少しずつの金額でなく、一括で損金を算入せねばならないということだったので売り上げを確保するのに大変ではあったが、この年度は荏原製作所以外の売り上げも好調だったため、かろうじて赤字を免れることができた。当時はいけいけ、どんどん。今だったら到底全額は無理だったに違いない。

※任売
任意売却の略称。競売に比べ、より一般の不動産取引に近いかたちでの売却方法。
※売却損
会社から社長など代表者個人が買い上げる仕組み。この時に汚染土壌処理の部分が損金扱いとなり、課税額が変わる。

取締役工場長の岡田誠（右）と。私とふたり、埋まっていた産業廃棄物を手作業で数カ月かけて処分した。「誰よりも重たいものを持つのが重役」を身をもって実践

ちなみに、井戸の中から廃油をバケツでせっせと汲みだしたり、汚染された土をユンボで掘り起こしたりして後処理をしたのは社長の私と、現・取締役工場長の岡田誠である。この作業は実に半年ほどかかってしまったが、ただでさえ思わぬ出費に悩まされていたため、取締役たちでなんとかせねばならなかったのである。今でも我が社の社員たちは「〝重役〟とは重いものを持つ役ですよね」と笑うが、それがあるべき姿であろう。

2つの大きな苦境を乗り越えて

１９９８（平成10）年に板橋区の優良申告法人として表敬されて以来、現在まで20年以上記録を更新しているが、実は大きな苦境がなかったわけではない。

一番大変だったのは我が社の得意先である荏原製作所が半導体ウエハーの研磨機『ＰＭＣ』を作って販売したことによる〝とばっちり〟だ。同じウエハーの研磨機を販売するアメリカのアプライド・マテリアルズの怒りを買い、それまでアプライド社が荏原製作所から購入してくれていたターボ分子ポンプを不買されたことにより製造が激減。ひいては我が社が受注していた表面処理が十分の一まで落ちてしまったのだ。荏原製作所のターボ分子ポンプのヒットで下請けであった我が社も恩恵を受け、好景気だったため新社屋を建てたのはほんの4年前。まだローンの返済も終わっていないところへ、ターボ分子の表面処理で得ていた年間1億の売上げが落ちたのは大変な痛手であった。

結局アプライド・マテリアルズにはその後も機嫌を直してはもらえず、ターボ分子ポンプは島津製作所やセイコーインスツルから購入しているようである。ターボ分子ポンプを作っている所はわかっていても、荏原製作所の下請けである我が社としては他社の製品に手を出すことができない。まぁ、当時は荏原製作所の売り上げがかなりのウェイトを占めていたものの、翌年には液晶テレビの売れゆきが好調で、液晶装置関連の仕事で盛り返し、赤字にもならずこの苦境を切り抜けることができたのは幸いであった。

2つ目の苦境はリーマンショックである。2008（平成20）年9月15日にリーマンブラザーズ・ホールディングスが破綻したことによる世界的金融危機だ。我が社も新工場の建設で借り入れをしていて、毎月500万円くらいの返済があったので、売り上げを落とさず、かつ新規の受注を獲得するため営業に奔走して大変な状況であった。しかしながら、これも私の強運なのか、先述のとおり荏原製作所からの大型受注が続いていたおかげでその翌年の5月には返済がゼロになっていた。リーマンショックのあおりを受けて売り上げが減少したなか、毎月の返済がなくなっただけでもラッキーであった。仲間からは「やっぱり苅さんはついているよなぁ」とよく言われた。

そんなこんなで、現在まで赤字を出すことなく、優良申告法人として頑張っている。継続は力なり、まさしくその通りだと思う。板橋区に1万社近くある企業の中の1％にあたる百社が優良申告法人とされているが、そこに我が社の名前が入っているのだ。２０１１（平成23）年には『いたばし働きがいのある会社賞』の大賞をも頂いている。これは「働く人が元気な会社、人を育てる意欲のある会社、そのような仕組みを持つ会社と、志ある経営者を顕彰する事業（板橋区HPより抜粋）」とのことで、常に〝人〟を大切にしてきた私の理念を認めていただいたような気がした。２０１４（平成26）年には板橋区の制作するウェブサイト『チャンネルいたばし・魅力発信！いたばしナビ』のトップページにも紹介されているし、我が社は板橋きっての優良企業であると胸を張ってもいいだろう。……いいですよね？

平成23年度にいただいた『いたばし働きがいのある会社賞』の盾。おかげで〝３Kの町工場〟のイメージを覆し、入社を希望する若手も増えてきた

ちなみに、社長としてなによりもうれしいのは、従業員の８割が我が社に入社してから貯蓄したりローンを組んだりして家を持つことができていること。私自身、サラリーマンから社長になった経験から、後々のことを考えて堅実に家という地盤を固めることの重要性を感じているからである。日ごろから社員にも「家を持て」と伝えている。

失敗もなんのその

優良企業になったよ！　と胸を張ったのもつかの間、古い失敗談をいくつか思い出してしまった。結婚した翌年、それまでにも何度か赴いていた台湾への技術指導から帰国して一カ月後くらいに起こった、本田技研工業の米国現地法人アメリカン・ホンダ・モーター・カンパニーのオハイオ工場の金型へのめっきの件だ。その前になぜ、ホンダの口座がとれたか、から話そう。

ホンダの技術部隊は当時、埼玉県和光市にあり、その試作をする会社が板橋近辺に多かった。我が社はその表面処理を知り合いの機械加工屋さんから請け負っていたのだが、あるとき、帽子好きの本田宗一郎さんの帽子掛けが錆びてしまったので、綺麗にしてもらえませんか、と担当者に言われたのである。なんのことはない簡単なことで、「いいですとも」と帽子掛けを預かって、錆びを落として再生。新品同様にして納品したところ、大変喜んでいただき直接の口座がとれたのである。毎度のことながら、どこにご縁が転がっているのかわからないものである。こういうことを頼まれること自体がラッキーで、それをモノにするかどうかは、やはり仕事ぶりによるものだろう。とにかくこんな小さなきっかけで我が社と、かのホンダとのお付き合いが始まったのである。……ただし、残念ながら量産品ではなく試作品どまりだったけれども。

話をもとに戻そう。オハイオ工場の金型の材料は私も個人的に付き合いのある大和合金さんのクロム銅で、通常の銅より硬いのが特徴だ。だが、オハイオは岩塩の街で、金型がすぐにダメになるという。それならば、腐食せず耐摩耗性のあるめっきをしてはどうか、と売り込み、その案を受け入れてもらったわけである。実際の納入先は宮城県白石蔵王にある京浜気化器（ケーヒンを経て現日立Ａｓｔｅｍｏ）。三共鍍金はケーヒンに口座がないため、まず上板橋の古林商店さんに納品して、古林さんがケーヒンに伝票を起こしてもらうこととなっていたが、ここで一型に不具合が生じ、弁償となってしまった。その費用はなんと材料費込みで３００万から４００万円という。ビックリというより青ざめてしまった。いろいろな考えを持って白石蔵王まで赴き、古林商店の若林さんと一緒にケーヒンにお伺いしお詫びと、今後これをどうするか、について話し合いをさせていただいた。私は加工にも精通していたので、金型のコンピューターのソフトがあるとお聞きしそれを確認させてもらった。どうやらそれに肉盛りさらにコーティングして部分加工すれば、なんとか費用を１００万円くらいに抑えることができそうだ。損害が出たとはいえ、なんとか少額（でもないが）で済ませることができた。このことは本当にヒヤヒヤで、瞬間的に対応策を思いつくことができて本当に良かった。胸をなでおろした一瞬であった。この仕事は、量は少ないが現在でも継続している。

もうひとつは、製品にめっき付けをしなくてはいけないのに、めっき工程のプラス極とマイナス極※を間違えて製品を溶かしてしまって、一型50万円を弁償したこともある。どちらも別の社員のミスではあったが、もちろん私が営業であり窓口なので、その場で解決策を見つけて走り回るのは私の仕事であった。

まだまだあるよ、失敗談

30代後半、富山製作所から仕事をまあまあ頂いていたのだが、これが未払いになっていることに数年後に気づいた。当時多忙を極めていたため、請求するのを忘れていたのかもしれない。すでに納品から何年も経っており、今更言いにくいなと思っているうちに富山製作所が倒産。約600万円の損害を出してしまった。同社は私の顧客であったこともあったので、社長就任時に自分で精算し、会社には損害が発生しないよう領収書は私自身がもらった。

48歳のときには同じ東京都鍍金工業組合城西支部の田中鍍金工場にお話をいただき大日商事とめっきの販売拡大の為に、資本金1000万円の別会社を作り、私も個

※めっき工程の陽極反応と陰極反応
めっきを溶かすときには金属をプラス極に配置し、めっきするときにはマイナス極に配置する。

人的に２００万円投資して役員になったが、この会社はなにひとつ陽の目を見ぬまま解散となる。結局話を持ってきた人物にこの１０００万円から給料として払っていき、２年で資金が底をついたので、会社は終了というわけだ。他人にご迷惑はかけていないが、まぁ損は損である。

また、２００６（平成18）年にはアズサー水処理の某氏に頼まれ会社１０００万円、個人１０００万円を貸し付けるも自己破産される。これは我が社の関係者で、新工場を建てる以前からの長い付き合いがあった。仕事は真面目でよくやる人間だったが「日立がらみの仕事」と見積書を持ってきたうえに、アズサーはほかに大手の注文が決まったとのことで発注書も確認しており、信用して貸したのだ。だが、見積もりを少々安く見積もっていたなどトラブル続き。とうとう資金ショートを起こし、返済ができなくなったということであった。

２００８（平成20）年頃には私個人が所有しているワンルームマンションを知り合いのタクシー運転手に貸すも、家賃滞納で50万円の損害。この年にはその他もろもろ、個人的に２０００万円くらいを損している。人がご縁をつなぎ、その人に真摯に向き合うことで信頼を得、仕事に結びついてきたとはいえ、災いをもってくるのもまた、人であるということを痛感することも多い。それでも私は人を信じる。お人よしなのかもしれないが、人を信じることで失ったもののよりも、得られたもののほうがはるかに多いからだ。こんなことがあってもなお、いい人生を歩んでいると思っている。

問題を乗り越え道を拓く

なんだかこれまであっさりと物事を解決してきたように書いてきたが、実は本当に大変だったことも記しておこう。

印象的だったのは、1999（平成11）年の6月頃、大手ベアリングメーカーの主担当の谷さんからいただいた〝難題〟を解決したときのことだ。

谷さんは以前タイで工場長をしていたが、当時扱っていためっきが剥離して大問題となり日本に戻って来た人だ。実は他社で行っていたSUJ2（高炭素クロム軸受鋼鋼材）の素材で、焼き入れ（めっき前に高温にて表面を焼いた処理）がしてあるベアリング鋼のめっきがはがれてしまうので、なかなかベアリングのめっき処理がうまくいかないのだという。これをなんとかしたいとあちらこちら当たって、最後に独立行政法人産業技術センターを訪ねたところ、私の名前と三共鍍金を紹介されたそう。もともと谷さんの会社と我が社は硬質クロームの仕事をしていて口座があったのだが、灯台もと暗しで谷さんが気づいていなかったようだ。

このベアリング鋼へのめっき作業は、私も簡単にできると高を括っていたが、実は大変難しく一筋縄ではいかなかった。試行錯誤の末、成功するまで半年もかかってしまった。だが、我が社で成功するや、今まで不良品ばかりで使えずに停滞していたコロのめっきが一気に入り月に30～50万個の受注となり、がんばったかいがあった！といったところだが、もうひとつ、それに付随するＳＰＣＣ※（冷間圧延鋼板）の外輪も7～8万個の受注となったが、これは浸炭焼入れ※がされており前処理に苦労した。

そのうえ、めっき後に万力で破壊しても剥離しないことという厳しい条件もついている。なぜかというと、この部品は釣具のリールに使用されるため、大きな負荷がかかることを想定しなければならないのだ。浸炭焼入れがあるため、めっき前に特殊な処理をしなければならずそれに準じた「ＰＲ電源装置」をメーカーに特注製作を依頼し、それを使用して「めっき前処理」を施工したり、めっき後２７０℃でベーキング処理したりと、とにかくやらねばならないことが多かったので我が社も格段と技術が進歩してきた。コロにいたっては15μ±千分の３※の膜厚でめっき処理をしたうえ、さらにめっき後のコロを万力に加え、角をハンマーでたたいても剥がれないこと、外輪もつぶした物を一個必ず添付することが納品時に求められた。

これはめっき後の検査方法のひとつで、製品そのものをハンマーで叩き、角を破壊

※SPCC（冷間圧延鋼板）の外輪
外輪（ケース）の中に「コロ」が組み込まれて完成した一つの部品になる。
※浸炭焼入れ
熱処理の種類の名前で、熱処理する素材の表面に炭素を浸透させてから、焼き入れする処理方法。
※μ＝マイクロとは
1μは、1ミリの千分の一。施工する「めっき膜厚」の精度を表す。レベルが非常に高い。

して（潰して）めっき膜の密着レベルを確認する作業である。非常に過酷な検査方法で、これがＯＫならば高いレベルで密着は得られていると判断することができる。コロの寸法も30個計測してデータを添付するなど、とにかくめっき処理だけでも難関に次ぐ難関、それをクリアしても次には厳しい検査がまっているという、我々にとっても過酷な仕事であった。現在では若い作業者が可もなく不可もなく作業を行っているが、ここまでくるのには大変な苦労があったのだ。

本社検査室にて、ハンマーで破壊してみてもめっきが剥がれないかを確認する。確認作業は顕微鏡を用いる細かいものだが、これは私の担当だ

ここでも産業技術センターの土井正先生や仁平宣弘先生に大変お世話になった。この作業工程は『東京都２０１６年に制作協力した『東京都 現代の匠』のＤＶＤでも紹介されている。

営業マンはフィクサーであれ

営業として自ら我が社の技術を売り込みに行くのが私の主な仕事であったが、会社同士の窓口として雑談から問題点を見つけだしたりして、自ら解決に導いていくのが私のやりかただ。解決方法を考えるのももちろん自力。実際に工場に入って試行錯誤してみるのである。うまくできれば次の仕事につながる。これも営業の仕事、と考えていた。が、こうしてさまざまな相談を受けるうち、いつの間にか〝フィクサー（問題解決屋）〟のような役割になっていったようにも思う。

２０１２（平成24）年ごろのこと。ダイシンさんとの出会いは大同アミスターにいて大同ＤＭソリューションの奈良県生駒の工場長にもなった佐藤祥文課長がきっかけだ。大同アミスターは「アルミーゴ」という素材を販売していたが、その客先でトラブルが発生した。「このままだと材料も売れなくなるし、取引が終わってしまうのでなんとかしてほしい」と、佐藤さんから電話があった。私は以前から大同アミスター、白銅、日立金属関連の会社に材料と表面処理の関係でよくプレゼンをさせていただいていたため、私のことを思い出したのだろう。不具合が出ている客先とはダイシンさんである。場所も長野県の塩尻ということで、そう遠くはない。たいしたことないだろうと軽く考え佐藤さんに材料を送ってもらうことにした。

不具合の原因は、素材のアルミーゴの特性にあった。アルミの中に亜鉛という金属を入れてアルミそのものの硬度を上げたものだが、そうすると亜鉛が多くめっきの密着不良を起こすのだ。アルミとして最強の硬度をもつＹＨ７５はアルミの中に銅を入れて硬くしたもので、フランスのペシネー社の特許である。これにひっかからないよう、日本のアルミを作っている会社は独自に銅に代わる材料（＝亜鉛など）を入れて硬さを出していた。そのほかにも前処理の難しさもあって、密着不良が出るのである。私は素材の特性を把握していたので、いともたやすくめっきを付けてダイシンさんに送ったところ、数日後に三村太郎社長（２０１７年急逝）と原順一常務より連絡があり、「非常に良い出来ですので、是非一度塩尻の工場を見に来てください」とご招待をいただいた。まだこれが仕事となるかどうか半信半疑であったが、行ってみてビックリ。整理整頓がきちんとされており、切削の粉ひとつ落ちておらず、機械は最新鋭の五軸のマシニングがあったりと素晴らしい会社であった。

作っている製品はパーツフィーダといって低抵抗のコンデンサや0.2×0.4、０・15×0.3という寸法のものや、ＬＥＤの部品搬送に使われる部品である。見学の途中、工場の一角に、それが不良品として３００枚くらい廃棄されようと重ねてあるのを見つけた。加工から処理までされているが、なんらかの不具合があって使用不可なのだそうだ。金額にすると2000万円くらいかも、と言っていたので、私が「新規の品物をやりながら、こちらも全部再生しましょうか」と持ち掛けると、案内してくれていた三村社長、原常務のおふたりは大変驚いたようだった。廃棄しようと思っていた部品を生き返らせるというのだから、それはふたりともビックリすることだろう。再生とは、寸分の狂いもなく剥離再生をするということ。後に日経産業新聞にも取り上げられ掲載されたが、我が社ではいろいろなものの剥離のノウハウを持っていたので可能となったのだ。このノウハウもまた、私が編み出したもので我が社独自のもの。やはり独自技術があると強い。

この一件以来ダイシンさんからは絶大な信用を得ることとなり、同社の仕事はもちろんのこと、他社からもなにか相談事があればこちらにつないでいただけるようにもなった。現在我が社の売り上げトップ3に入るお得意様である。

第11章

見習いから『現代の名工』へ

多岐にわたる仕事内容

現代においてはなにごともきっちり分業されているものである。その線引きがなく、なぁなぁで仕事をすることを強いるのはブラック会社とすら呼ばれてしまうだろう。だが、私は営業であったとしても、いろいろなアイデアを実行に移し、試行錯誤したのち実用化することで仕事を次々と得てきた。そうした一連の作業はすべて自分で行ってきたが、私達の時代はこうした知識も技術も教えてもらうのではなく、見て覚えるものだった。

16歳の時に工場に入り、先輩のやっている仕事を見ては常にメモして覚えていった。電気の出し方、薬品を投入して液の作り方など、現在のように一種類のことができればいい専業の時代と違い、ひとりで何役もこなせないといけない時代であった。私が担当していた作業はバフ（研磨）、ショット（サンドブラスト）めっき、めっきを付けるための前処理など多岐にわたっていた。不良品を作ると大変なことになるので、簡単な製品からひとつずつ確実に覚えるようにしていた。そうして、まずやってみて、不具合が出たりどうしてもわからないことがあれば先輩に聞く。いわゆる〝トライ&エラー〟を地でいっていたわけだ。ときには取引先の薬品会社の人にその特性を聞くなど、積極的に幅広く知識を得てきたことが、アイデア創出にもつながっていたのではないだろうか。

営業に出ていて、なにか相談事を持ちかけられると次々に解決策が頭をめぐる。せっかちな性分で、「これはこうしたらできるのでは」と思ったらすぐに作業を開始して、できるまで試行錯誤するのだ。それは社長となった今でも変わりなく、よく社長室の階下にある工場に顔を出す。ひょっとすると従業員は「げっ、また社長が来た」なんて煙たがっているかもしれないが、新しいアイデアは現場にいてこそ浮かぶのだからしょうがない。めっきをすることそのものというより、アイデアが実現することに喜びを感じているのかもしれない。

もちろん、大手企業では営業の者が他部署の仕事に口や手を出すなどありえな

社長となった今も社長室にとどまっていることはなく、工場での作業を見て回る。難題に直面したとき、現場を知っていればその解決法も浮かびやすいからだ

いことだろうし、中小企業でもそこは同じだろう。我が社では前述の通り、田中前社長がなかなか厳しいお人で、逆に「自分で取ってきた案件だろうが！」と叱咤激励してくれたのがよかったのだ。……〝叱咤激励〟は美化しすぎかもしれないが（笑）。

仕事へのモチベーション

そんな私だが、前述のとおりめっき業界には家庭の事情とちょっとしたご縁があって足を踏み入れたのであって、はじめからめっきが大好きだったわけでも出世してやろうと思っていたわけでもない。なにしろめっき業界は世襲制が一般的だ。社名＝社長の苗字、というのはざらで、親から子へと引き継がれていくのが当たり前。設備投資にも莫大な費用がかかるので、一介の作業員から一国一城の主を夢見るのは「ありえない」という空気があった。それでもまじめに仕事をこなしたのは、ただ単に私の性格によるものなのだろう。なにしろ、学校と仕事の両立にはじまり、営業をしても社内で新しい技術を試行錯誤しても、結果が出せなければ田中社長の叱責にもさらされた。

それが、30歳になったころにはぐっとモチベーションがあがった。田中社長から常日頃から「ウチには経理ができて営業ができて、現場ができる人間がいないので、苅（先代にはこう呼ばれていた)、お前しかうちの会社を任せられるのがいない」と言われるようになったからだ。社長にはご子息はいないものの、義理の兄弟が2人、三共鍍金で働いていたため、そのように言われても半信半疑であった。しかし、その頃から売り上げに対しての利益分配や社員の賞与の金額決めを社長と2人でやっていて、社長が全幅の信頼を寄せてくださったことが、私の中に強い愛社精神と仕事への意欲を掻き立てたのではないかと思う。図らずもこの経験で、社長業を学ぶことにもなっていた。

そしてなにより感じたのは、社長はいつも「できないのはダメ!」「方法を考えろ!」「休むな!」と、とても厳しかったが、一方でしっかりと実績を評価してくれていたということだ。のちに田中社長夫人で我が社の取締役でもある英子氏が「苅さんには無理難題を押し付けては怒鳴りちらしてばかりだったのに……」と苦笑交じりにおっしゃるほどの厳しさだったが、そこに応えられればそれだけの評価をしてくださっていたのである。

独身のころの私は、少しでも給料が良ければ結婚もできるだろうし、両親とも同居だしと思い、ひたすら体力にまかせてがむしゃらに頑張っていた。それに、田中社長は予定以上の利益が出ると、決算賞与として一年の頑張りによるプラスアルファの金額を全社員の給料に上乗せしてくれていた。やればやった分をきちんと評価してもらえたこともまた、はりきって働く原動力になったと思う。だからか、27、28歳の頃から営業の仕事も積極的に開拓するようになった。当時我が社が受注していた業務の、おそらく7割くらいは私のお客さまであったと思う。ちなみに、現在も我が社の顧客の多くが、当時私が営業活動をしておつきあいが始まった企業ばかりである。

もう一つは、「結婚したら責任が重くなるから、そしたら取締役にしてやるぞ」という社長の言葉もあった。実際に35歳で結婚して取締役営業部長に就任し、ますます多忙を極めもしたが、その分仕事にもプライベートにも張り合いが出てきて、なるほど社長の言うのはこれか、と納得したものだ。田中社長、厳しかったが、その厳しさに私の「なにくそ!」の精神が呼応したからこそ今があるのだ。

時代に合わせた社内改革

私が三共鍍金の社長に就任したのは1996(平成8)年、48歳のときのことだ。創業者の田中社長がお亡くなりになり、本来ならば我が社で働いていた社長の親族が跡を継ぐところを、田中社長からのたっての希望で指名というかたちで就任が決まった。「三共の名だけは残してくれよ」と言い残した田中社長の願いはもちろん、我が社をさらに大きく飛躍させてみせますと、ひそかに胸に誓った。

社長になったとはいえ、現場に出て働くのは相変わらず。ただ、少しずつ改革していったものもある。なにしろ、時は平成。高度経済成長期の昭和と違い、働き手の意識も変わってきているのだ。実際のところ、求人広告を出しても工場を見ただけで面接も受けずに帰ってしまう若者をよく見かけた。私が働き始めたころはそんなこと気にする余裕もなかったが、今は違う。それだけの理由ではないが、社長就任後に下した最初の大きな決断は新社屋の建設であった。

新社屋になると、劇的に求人がしやすくなった。更衣室やシャワー室を備えた新しくきれいな工場。機能性だけでなく、従業員が働く環境を整えることの重要性を痛感した。さらに、完全週休2日制を導入し、一年間の休日を125日とした。昼夜を問わず働きまくって社長や取引先の信頼を得た私だが、それが今の時代にそぐわないことはよくわかっている。また、社員たちには家族と過ごす時間をしっかりと持ってほしいという、私の個人的な要望もあるかもしれない。全社員にがん保険や生命共済など保険を充実させるなど、安心して気持ちよく働ける会社へと改善を続けている。

年に一度の慰安旅行

いくら時代が変わったといっても、田中社長のころからあえて変えていないものもある。それは、我が社の恒例行事である慰安旅行だ。オンとオフをきっちり切り替える風潮が高まってきた近年では、社員旅行をする会社も珍しくなってきたかもしれないが、我が社では毎年11月の第一週目に慰安旅行を開催している。田中社長時代にはじまり、今日まで行わなかったことは我が社60年の歴史の中でも数えるほどだ。ちなみに、１９９４（平成６）年に田中社長が他界された年は納骨を兼ねて社員全員で二泊三日の山口旅行であった。

田中社長の時代から企画は私が担当。遊びのことならどんとこい、なのである。とはいえ、社員旅行となると行先から宿泊施設での部屋割りまで、なかなか大変な仕事である。40、50人とはいえ、年齢だけでなく気の合う者同士かどうか、など社員のことをよく見ていなければわからないからだ。基本一泊、景気のいいときは二泊三日の全社員での旅行。社員の積み立ては一切なく、パートの人も中途採用の人も、欠員はほぼゼロの参加率だ。我が社では新年会や忘年会といったものの代わりに、特別な事情がないかぎりこの慰安旅行を続けていくことにしている。

平成27年度の社員旅行は伊豆熱川へ。旅先から宿泊地、ビンゴの景品まで企画をするのは私である。景品は重役たちのポケットマネーから、というルールも創設した

というのも、我が社には埼玉県の入間市にも工場があり、工場長くらいしか本社工場との行き来がない。そのため、現場の社員同士はなかなか顔を合わせることがなく、新人が入ってもわからないという状況なのだ。また、現場でも作業内容が違うと同じ工場内で働いていても挨拶すらしないほど、交流が希薄になるケースもある。だからこの慰安旅行が、わいわいと楽しく交流を深めるきっかけになればいいと思っている。特に我が社では繁忙期にあたることもあり新年会や忘年会を開催しないので、その代わりでもあるわけだ。

今の若い人は数日拘束されるのも嫌がりそうなものだが、実はこの慰安旅行、なかなかの人気なのである。その秘密は、宴会の席でのビンゴ大会にある。これは私が社長に就任してから一貫して、社長や取締役のポケットマネーで景品がまかなわれていて、テレビやタブレットのような高額商品も含むハズレなしの大会なの

だ。景品にかかった料金の領収書なんて切ることもなく、ひたすら社員を慰安し楽しんでもらうための場。そういう家族的な雰囲気を、この先も持ち続けていきたいという願いでもある。

大盤振る舞い好き？

豪華景品といえば、我が社の50周年記念祝賀会もなかなか派手であった。三共鍍金は1960（昭和35）年8月16日に設立され、創立50周年を2010（平成22）年に迎えた。皆々様の絶大なるご支援がなければここまで来られなかった、その想いを胸に、同年9月25日にホテル椿山荘東京にて心ばかりの祝賀会を開催させていただいた。来賓には外注先と板橋区長坂本《さかもと》健《たけし》氏、衆議院議員下村博文《しもむらはくぶん》氏ご夫妻、取引銀行の方々。粛々と会を進行し……なんていうこともなく、ここでも我が社恒例のビンゴゲームを開催し、大盛り上がりとなった。

なにしろ景品には液晶テレビが2台、ヘリコプターで東京上空遊覧飛行、松茸、ジュエリーと、ビンゴが出るたびに「わぁっ」と会場が沸く盛り上がりぶり。お客様も従業員も関係なく当たるようになっているので、たいそう喜ばれたようである。みんな笑顔の祝賀会とあいなった。

が、主催者のあいさつの際、一緒に新工場を立ち上げた前取締役工場長の岡田功さんが前年に他界されており、この場にいらっしゃらないことが残念で、私はつい涙を流してしまった。たくさんの困難を一緒に乗り越えてきたことを思い返し、それでも関係者一同こうして笑顔で50周年を迎えられたことに、感無量の想いもあったのだろう。

すべての集大成

１９９８（平成10）年から優良申告法人として表敬され続けていることもさることながら、先述の通り２０１１（平成23）年には、『板橋 働きがいのある会社賞』をも受賞した。「働く人が元気な会社、人を育てる意欲のある会社、そのような仕組みを持つ会社」と、志のある経営者を顕彰する事業である。評価基準が厳しいため、まさか我が社が？　と耳を疑ったものだ。

評価基準は「①従業員の働き甲斐、②人事評価、人材育成、従業員の能力開発、③安心して働くことができる仕組み」とのこと。それぞれ社会保険労務士や中小企業診断士といった専門家が審査をしたうえでの評価だという。我が社の認定理由は、「安全清潔、働きやすい職場環境を構築している。家族ぐるみの仕事で連帯感が醸成されている。社員が希望をもって働いている」といったもの。経営者としてはこのうえない評価であった。新工場建設の際、働く環境にもこだわったことがここで評価されたのである。

2020（令和2）年11月には、私は『現代の名工』の称号をいただいた。「卓越した技能者」として、厚生労働大臣が表彰してくださったのだ。私自身、理科系の大学を出たわけでもなく、ただひたすら現場で前掛け、長靴で働き続けた54年間を評価していただいたのかなと思う。

若かりし頃、1日8トンものコピーシャフトや290キロもあるドラム缶などをひぃひぃ言いながら必死で工場に運び入れていた私の姿を知る社員も少なくなった。社長となり、組合の長に任命され、めっき学校の校長をも兼任する現在。その道のりは決して平らではなかったが、こうして誰かに評価してもらうと、半世紀にわたる一途な努力を認めてもらったような気がして、万感の思いである。このようなすばらしい賞をいただいたので、今後は会社だけでなく業界に恩返しをしていけたらと思う。そこで私にできることといえば、技術の継承と裏技の伝授ではないか。この先も積極的に若手を育てていきたいと思っている。

社長就任以来いただいたさまざまな表彰状

こつこつとひたすらがんばってきただけのことではあるが、
やはり表彰されるとうれしいものだ。

平成10年、22年、26年　板橋区優良申告法人表彰状
平成20年　全国鍍金工業組合連合会より表彰状
平成20年、26年　東京都職業能力開発協会　感謝状
平成21年　東京都産業労働局長　感謝状
平成21年　東京都知事　感謝状
平成23年　板橋区長　いたばし働きがいのある会社賞
平成29年　東京都知事　産業振興功労　表彰状
令和元年　東京都知事　技能検定功労　表彰状
令和2年　東京都中小企業団体中央会　組合役員功労者　会長表彰
令和2年　卓越技能者(現代の名工)厚生労働大臣賞

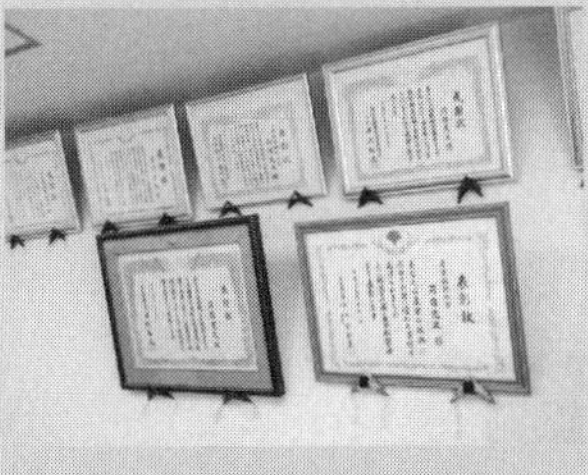

上段左から「平成21年東京都知事感謝状」、「平成20年全国鍍金工業組合連合会より表彰状」、「平成22年板橋区優良申告法人表彰状」、「平成10年板橋区優良申告法人表彰状」、下段左より「令和2年卓越技能者(現代の名工)厚生労働大臣賞」、「平成23年板橋区長　いたばし働きがいのある会社賞」の表彰状

厚生労働大臣による『卓越した技能者』の表彰盾。ガラス工業製品の安定生産に著しく寄与したこと、後進技能者の指導育成に積極的にかかわっていることを評価された

メディアによる援護射撃

ものづくり業界において後継者問題は大変深刻だ。いくら若手を育てたいという意思があっても、業界に魅力を感じてもらえなければ希望者もおらず、お話にならない。我が社では比較的若い人員が働いてくれているが、めっき業界でも人員不足は問題になっている。そこに、ちょっと希望の光を見出せそうな出来事があった。

２０１０（平成22）年6月20日、日本テレビの『真相報道バンキシャ！』という番組に我が社が取り上げられたのだ。内容はビールジョッキグラスを作るための金型に特殊なめっきをほどこす会社、ということ。ガラスの材料を溶かす温度が１０００℃もある高温で、そこから透明感のあるきれいなジョッキを作り上げることができるというところをフィーチャーしていただいた。また、同じ年の8月ごろにはＮＨＫの『ゆうどきネットワーク』という番組でも我が社を取り上げていただいた。こちらはものづくり・板橋の工場見学という内容であった。

テレビの影響力というのはすごいものである。さっそく方々からさまざまな反応があったのだが、最もうれしかったのは小学校からの工場見学の申し込みがあったことだ。板橋区役所に連絡があり、ぜひ工場見学をしたいという小学校があると聞いた。

区役所につないでいただくと、番組を見たという静岡県熱海市の小学校の児童からの要望で、柳田恭一さんが校長（当時）を務める熱海市立泉小中学校では修学旅行で工場見学をするのが慣例となっていたが、テレビで見た東京のめっき会社に子どもたちが興味を持ったため見学を希望されたいとのこと。もちろん私は「ぜひどうぞ」と返事をした。

11月に柳田校長と担任の鈴木美幸先生に引率され、8人の児童がやってきた。校長先生までお見えになったのは、「めっき工場の見学なんて」と不安だったからだと後で教えてくれたが、実際に我が社を見学してみて、汚くて臭いというイメージとかけ離れていたため驚いたということだ。「来てみてびっくり、目からうろこです」と言われたときには「やはりめっき工場のイメージは以前と同じままなのだ」と思ったものだ。まぁ、6億円もかけて環境整備をした我が社の工場はめっき業界でも異色ではあるのだけれども。とにかく工場内に臭い匂いはないし、屋上には排気ダクトはあるし、工場排水は飲んでも害がないというし、と、初めて見るめっきを付ける作業以外にも児童とともに驚きの連続だったのだという。

見学の数日後、先生や児童からお礼状が届いた。引率の鈴木先生からは「めっきという仕事が自分自身になじみがなかったところ、よいご縁をいただいた。子どもたち

子供達との交流

見学にやってきた児童たちは、めっきに興味津々。見学後の手紙に「めっき工場で働いてみたい」と書いてくれた子も。著者は、ひとりひとりに返事を書き送り、ちょっとした交流が生まれた。

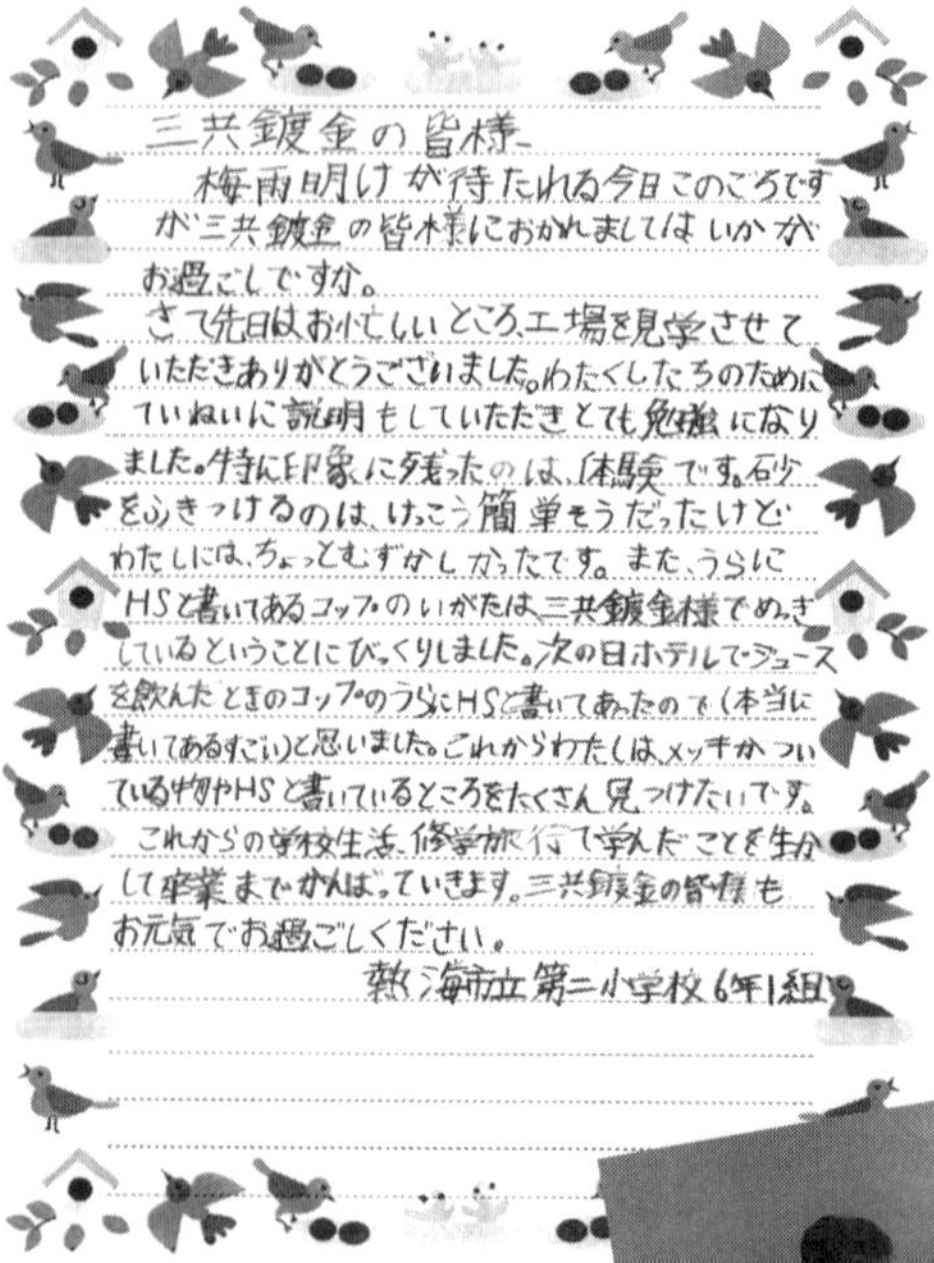

三共鍍金の皆様

梅雨明けが待たれる今日このごろですが三共鍍金の皆様におかれましてはいかがお過ごしですか。

さて先日はお忙しいところ、工場を見学させていただきありがとうございました。わたくしたちのためにていねいに説明もしていただきとても勉強になりました。特に印象に残ったのは、体験です。砂をふきつけるのは、けっこう簡単そうだったけどわたしには、ちょっとむずかしかったです。また、うらにHSと書いてあるコップのいがたは、三共鍍金様でめっきしているということにびっくりしました。次の日ホテルでジュースを飲んだときのコップのうらにHSと書いてあったので(本当に書いてあるすごい)と思いました。これからわたしは、メッキがついている物やHSと書いているところをたくさん見つけたいです。

これからの学校生活、修学旅行で学んだことを生かして卒業までがんばっていきます。三共鍍金の皆様もお元気でお過ごしください。

熱海市立第二小学校6年1組

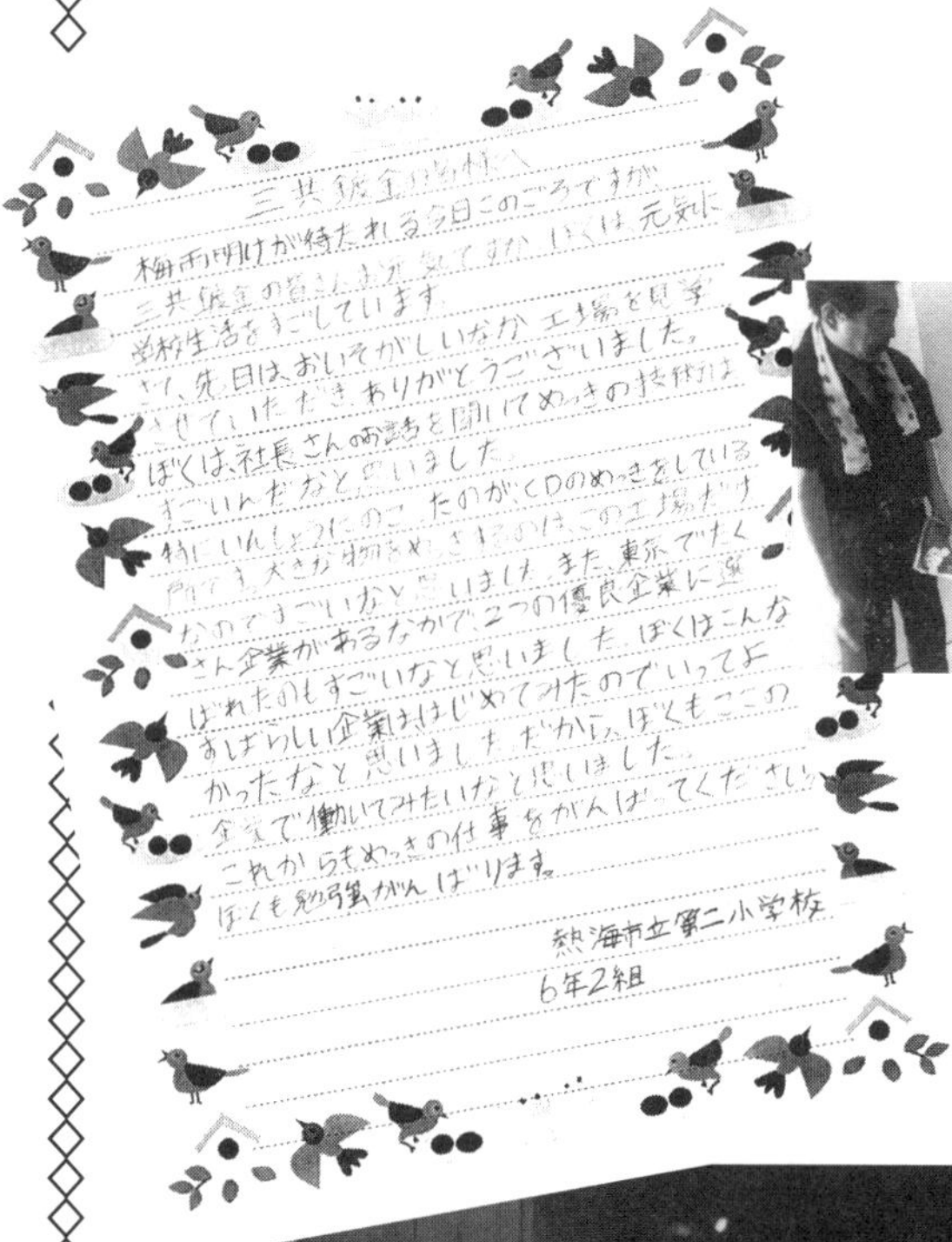

三共鍍金の皆様へ
梅雨明けが待たれる今日このごろですが
三共鍍金の皆さんはお元気ですか。ぼくは元気に
学校生活をすごしています。
さて、先日はおいそがしいなか工場を見学
させていただきありがとうございました。
ぼくは、社長さんのお話を聞いてめっきの技術は
すごいんだなと思いました。
特にいんしょうにのこったのがCDのめっきをしている
所です。大きな物をめっきするのはこの工場だけ
なのですごいなと思いました。また、東京でたく
さん企業があるなかで、2つの優良企業に選
ばれたのもすごいなと思いました。ぼくはこんな
すばらしい企業ははじめてみたのでいってよ
かったなと思いました。だから、ぼくもここの
企業で働いてみたいなと思いました。
これからもめっきの仕事をがんばってください。
ぼくも勉強がんばります。
熱海市立第二小学校
6年2組

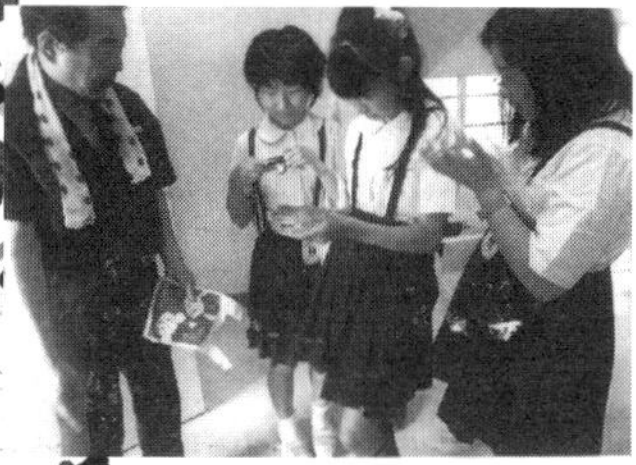

我が社を見学のあと、児童から届いた作文。めっきのことを知ってもらい、かつ環境に配慮する企業努力を素直に評価してもらったことがうれしかった

NO.1

小さな工場の大きな力!

ここは、板橋区にある鍍金を作っている小さな工場。

「ここがあ、三共鍍金というのは」。

修学旅行前に校長先生、肉田先生の前でプレゼンテーションした場所だ。岡田さんの役をやったのだが、聞くと見るのとは大違いだった。たくさんの機械があり、一人一人が、みんな違う仕事をしているのが分かった。汚れた金属をぴかぴかにみがきあげている人、機械の様子をじっと見る人…。気がつくと、わたしたち三人とも、「へぇ〜」と感心していた。

特におどろいたことが二つある。その一つは、巨大空気清浄機。だから、においも何もないのにはおどろいた。

「工場には、こんな仕組みがあるんだな。」

とまた感心させられた。それに、とても長い物まで落っけずに移動できるように、天井が

2

ハメートルもあるということだった。実際に見せていただいた長い鉄棒は、全く天井にはぶつからなかった。しかも、屋上に行ってみると、太くて長いホースがたくさんたくさん設置してあった。社長さんにたずねると、なんとこれは何千万、何億?もするらしい。さすがにその言葉に、みんな、

「えっ、そんなに高いの?」

と叫んでしまうくらいのおどろきだったように思う。

この日の日程はとても忙しかった。一生に一度の修学旅行だから、たとえ短くても行ける所には行きたかった。だから、ほとんど質問をする時間がなかった。もっと、聞けたら

「何人働いているのですか。どんなことを目指しているのですか。」

などたくさん聞いただろうな。それでも、この工場の「やるぞ!」という熱い気持ちは、ひしひしと伝わってきた。うれしかった。

わたしが三共鍍金に行って、教わったこと

3

がある。ここの工場は、大きな大きな工場ではない。だけど、小さな工場だけど、そんなこと関係なしでやってみるぞという、あきらめない気持ちだ。わたしたちの学校も、小さくて少ない人数だけれど、何事に対してもあきらめない気持ちが大切なんだと感じた。工場とわたしたちは同じだ。ここには、あきらめない心、力がある。すごいなと感じた。大変なこともあるだろう。だけど、みんなの強い思いがあれば、何事でも乗り越えられる。そう信じていきたい。

三共鍍金でもらったお皿を見る度に、わたしは、小さな工場の大きな夢を思い出して頑張るぞ。

優良な中小企業として

2009（平成21）年に早稲田大学理工学部複合領域村山研究室による『中小企業の環境対策における意識調査』のインタビューを受けたほか、2011年から数年にわたり明治大学政治経済学部森下正教授の『中小企業論』ゼミナールの卒業論文のお手伝いをしていたことがある。ほかにも、土壌汚染について講演を頼まれることも。このように、我が社はさまざまな取材や研究活動の手伝いを依頼されることが多い。

それらの主なテーマは〝中小企業〟である。板橋区と大田区は都内でも中小企業の数が多いことで知られるため、彼らがそれをテーマに研究や取材を進めるにあたりまず区役所に問い合わせるようだ。そこで紹介されるのが我が社なのである。「板橋区を代表する優良中小企業」として、家庭用・業務用計量器で知られるタニタさんなどとともに知られているというわけだ。

『いたばし まちあるきマップ（志村エリア）』にも、見学できる中小企業として紹介されているので、板橋区の地域観光促進にも少しばかり貢献しているかもしれない。

と同じくらい校長が興奮して、貴社がどれほど企業努力をしているのかを話してくれた」といった内容で、実際に現場を見てそのように感じてくださったことに感無量の想いであった。

児童からの手紙には「将来は三共鍍金でめっきの仕事がしたい」としたためてくれたものもあり、なんだか希望の光を見たような気がしたものだ。この行事は数年続いたのちに双方の事情で現在は行われていない。しかし、鈴木先生からは「ぜひまたうかがいたい」との言葉をいただいている。

三つの時代を経て、思うこと

次世代のマエストロを育成しよう！　と張り切っている私だが、昭和から平成、令和と三つの時代を生きてきたそののち、社会情勢はもちろん、若者の意識も大きく変わっていることに気づかされることもあった。2012（平成24）年から協力している、高校生を対象とする人材育成プログラム「デュアルシステム」で都立北豊島工業高校の生徒を指導しているが、ここでの体験が印象的だ。

「デュアルシステム」は職業体験を目的とする「インターンシップ」と似ているが、こちらはもう少し長期にわたっており、実際に就労するために特性を見極め訓練する場となっている。そのため、高校卒業後は我が社に入社していただくことが前提となっているのだが、実際はなかなか難しい。もちろん、生徒側にも「やってみたら合わなかった」ということもあるだろう。だが、それ以前に生徒たちになにがしたい、という夢がないように思われた。

というのも、あるとき同校の3年生になる生徒向けの講演に行ったときのこと。最初に「ものづくりをしたくて工業高校に入った人」と問いかけてみたのだ。すると、141人の生徒のうち、手を挙げたのはたった7〜8人。では、高校ぐらい出ておいたほうがいいから、と入学した人は？　と問うと、なんと半数以上が手を挙げるという結果だったのだ。正直で大変よろしいと感心するも、これが現実かと正直驚かされた。工業高校だから、少なくとものづくりに興味がある生徒が多いと思っていたのだ。なにかを作りたいという意思をもって入学したのでなければ、工業高校の授業も研修もさぞや空虚でおもしろみのないものであっただろう。未来への希望をもって、とにかくなんでも吸収して勉強がしたいと働きながら必死で学校に通った私の学生時代とは違うのだ。

人生を振り返って

ものづくり業界の後継者問題の本質はここにあるような気がする。幸い我が社には若い人も入社してくれているが、与えられた仕事をこなすのみで、なにかをしたいという気概が感じられない。彼らもまた、工業高校の学生のように「とりあえず」の感覚で我が社に入社したのかもしれない。

その感覚を私は否定しない。かくいう私もそうだった。三共鍍金を選んで入社したのではないし、ましてものをつくりたいと希望していたわけでもない（ホントは教師になりたかったのだ）。それに、これまでめっき業界ではどの会社も例外なく世襲によって受け継がれている。巨額の設備投資をせねばならないこともあり、会社で学んだことをもとに起業することは難しい。つまり、どんなに努力しようが滅私奉公しようが、血縁者が社長ででもないかぎり自分が出世して社長になるということはありえないのだ。そんな状況でも仕事へのモチベーションを保ち続けることは容易ではないだろう。

私が入社した当時もその状況は同じであったが、それでも仕事に、遊びに、人間関係にと誠心誠意、全力で打ち込んだ結果が今である。仕事にはいつも全力投球。定時制高校や夜学に通いながら昼間働いていると、周囲の大人たちから「大変だねぇ」なんてよく声をかけていただいたが、本人はいたってへっちゃらなのである。なにしろ、苦労を苦労と思ったら何もできない。とにかく心掛けたのはその場の状況に全力で対応すること、そして自分を見失わないよう楽しみをもしっかり追求することであった。

そのようにして働いてきた中で、私が常に前向きでいられたのは、多くの人とのご縁があったからではないだろうか。なにごとも全力投球の私ゆえ、人との出会いも付き合いも、心から大切にしている。時には騙されることもあったし、それで失った金額は1億円にものぼる。家が一軒建てられるほどのお金を失っても、それでも恵まれたことのほうがずっと多かったように思う。それほどまでに、ご縁というのは大切なものだと考えている。

貧しさから働きはじめるというきっかけではあったものの、私は自分の人生を自らの手で、頭で、行動力で切り拓いてきたという自負がある。誰にでもできるとか、だからあなたもがんばりなさいなんてことは言わない。ただ、貧乏少年が長じて『現代の名工』に認定され、かつ全国鍍金工業組合連合会の会長にまで上り詰めることができた、こういう人生もあるのである。

苅宿充久プロフィール

1949(昭和24)年	福島県相馬市生まれ。幼少期に父の仕事の都合で 埼玉県川口市に移り住む
1965(昭和40)年	川口市立川口高等学校に入学するも、父の病気のため1年で中退
1966(昭和41)年	三共鍍金株式会社に正社員として入社し、 学費と家計のため埼玉県立浦和高校の定時制に入学
1969(昭和44)年	日本大学経済学部夜学部に入学　※定時制高校は4年制
1973(昭和48)年	日本大学経済学部卒業。勤労学生から本格的な社会人に
1974(昭和49)年	台湾出張で初海外渡航。台湾との付き合いが始まる
1981(昭和56)年	実家を新築。自分で建てた初めての家だった
1984(昭和59)年	結婚。翌年には初めての子どもを授かる
1990(平成2)年	厄年。軟骨がすり減ったことに起因する神経痛により 半年くらい座れなくなる
1996(平成8)年	三共鍍金株式会社社長に就任
2012(平成25)年	東京都鍍金工業組合高等職業訓練校(めっき学校)校長に就任。 「教壇に立つ」という学生時代の夢が叶う
2019(平成31)年	青天の霹靂。生まれて初めての手術と入院。 41年間の皆勤賞に終止符。 東京都鍍金組合理事長に就任
2020(令和2)年	『現代の名工』に選出される
2021(令和3)年	全国鍍金工業組合連合会会長に就任

おもな役職

・全国鍍金工業組合連合会 会長
・東京都鍍金工業組合 理事長
・東京都鍍金公害防止協同組合 理事長
・東京都鍍金工業組合高等職業訓練校（めっき学校）校長兼講師
・関東めっき健康保険組合 理事
・中央職業能力開発協会 参議
・東京都職業能力開発協会 理事
・板橋区優良申告法人 部会長

三共鍍金のできごと

1960(昭和35)年	東京都板橋区前野町に三共鍍金株式会社が誕生
1963(昭和38)年	板橋区大原町に工場建設
1964(昭和39)年	埼玉県入間市(株式会社保谷硝子・武蔵工場内)に武蔵工場設立
1966(昭和41)年	年商5千万円を計上。苅宿充久少年が53人目の社員として入社
1967(昭和42)年	大原工場閉鎖・売却　本社工場の敷地を増設
1973(昭和48)年	コピー機のシャフトめっきで株式会社リコーと取引開始
1974(昭和49)年	台湾にて装飾めっきの技術指導開始
1975(昭和50)年	スプリンクラーめっきでホーチキ株式会社と取引開始
1977(昭和52)年	液晶用ガラスのロールめっきで日本電気硝子株式会社と取引開始
1979(昭和54)年	OA機器のシャフトめっきでキヤノン株式会社と取引開始
	ガラス瓶の金型めっきで山村硝子株式会社と取引開始
1980(昭和55)年	自動車のヘッドライト金型めっきで岩城硝子株式会社と取引開始
1982(昭和57)年	ホテル・ニュージャパンの火災発生を受けてスプリンクラーめっきの仕事が多忙に
1983(昭和58)年	埼玉県入間市に武蔵第二工場設立
1985(昭和60)年	創立25周年　記念品として社員全員に純金100グラムずつを配布
	フェノール積層板めっきで日立化成工業株式会社と取引開始
1989(平成元)年	台湾新竹にて工場を設立
1992(平成4)年	苅宿が株式会社荏原製作所むけにアルミ素材のめっき技術開発を開始
	第一土曜日休日制導入
1994(平成6)年	創業社長・田中光熙が逝去。急きょ英子夫人が社長に就任
1995(平成7)年	4年間の努力が実り、株式荏原製作所にアルミ素材めっきを納品
	同技術を『サンキョウコート』と命名
1996(平成8)年	苅宿充久が社長に就任
1997(平成9)年	板橋区若木に新本社工場竣工、前野町工場売却
	隔週土曜日休日制導入
1999(平成11)年	武蔵第一工場(保谷硝子内)閉鎖
2012(平成24)年	『アルミーゴ』へのめっきで株式会社ダイシンとの取引開始

組合裏話

私が東京都鍍金工業組合城西支部支部長として東京組合に出席していた今から十数年前に、東京鍍金公害防止協同組合の7000万円の赤字をなんとかしなくては、と当時の姫野理事長に言われ、支部長7〜8名で赤字を解消するべく、それは大変な思いをしたことは記憶に新しい。公害防止協同組合のリストラも行い（ただし彼らはすでに60歳には到達していたし、かなりの額の年金ももらえるということもあったため、それほど残酷な判断ではないと思う）、家賃を抑えるため本部機能を大田区の糀谷から御茶ノ水の東京都鍍金工業組合の中に事務所を移したりと、5〜6年で赤字を黒字に転じさせ、組合員の理事達の連帯保証を外したりと奔走したが、それを組合員の皆さんはご存じだろうか。はなはだ疑問である。

東京鍍金公害防止協同組合の問題が一段落したら、今度は年金基金の解散問題が持ち上がった。組合員の減少に加え団塊の世代の退職により受給者が増え、さらに資産の運用益が稼げない。受給者に対しての運用益が5〜7パーセントで廻すということである。昭和50年代は郵貯の利率が7パーセントと聞いていたが、現在はそんな利回りはないので、資金が枯渇するのは当たり前のことだ。運用にも厚生労働省の規制があり、国債三分の一、日本株三分の一、外国株三分の一であった。例えば金を買う、箱物を買う、というのは禁止だそうで、いろいろと年金基金の運営委員で話し合いをした結果、厚生労働省にお願いをして特例解散を認めていただくこととした。

解散にあたり、その手続きをしなくてはならない。ここで当時の東京都鍍金工業組合の理事長であった八幡順一さんが精算人代表になり、何名か精算人が選ばれることになった。するとまた私も精算人として参加することに。数字に明るいことから、八幡さんから「一緒になんとかしよう」と声がかかり、田代正明さん、遠藤清孝さん、山田英佐夫さん、苅宿の5人で特例解散に向けての作業が始まったのである。当時はりそな銀行が運用をしていたので、りそな銀行のメンバーと作業を始めたが、なかなか思うようには進まない。毎月2回くらい14時から17時頃まで、膝を突き合わせてああでもない、こうでもないと打ち合わせ、それはもう大変の一言であった。

そんな時、年金基金の精算に詳しい小池年金事務所の小池敏夫さんと知り合い、そこから急速に進展していくことになる。解散時負担金18億円がなんとゼロになったのだ。これには足しげく組合に通い事務局とのやり取りをしてくれた八幡理事長の功績が大き

東京都鍍金工業組合城西支部 50周年の記念式典にて。華やかな席にて晴れやかな顔をしているが、実は裏では大変だったのだ（前列中央が著者）

かったと思う。離婚している人には離婚分割のお知らせを出したり、住所が不明の人がいたり、また、すでに亡くなっているのに生存していることになっていたりと、厚生労働省の怠慢もその原因のひとつであった。この作業だけでも2年半くらいかかってしまったが、解散時負担金がゼロになったのは驚きであった。厚生労働省からも「今のところゼロというのは、御基金だけです」と言われた。一生懸命仕事をしてくださった職員さんには、感謝、感謝の一言に尽きる。その後職員達も解散し、散り散りになった。めっき技術のあれこれでいろいろ任される私だが、これもまた、けっこう骨が折れたというお話である。

おわりに

こうして改めて自分の軌跡を振り返ってみると、私の仕事や家庭生活への向き合い方というのは幼少期の環境が多いに影響しているようだ。小学校の運動会や高校のサッカーに始まり、仕事でも勝負事でも、病気に対してさえも全力で取り組んできたのは、貧しさに負けたくないという気持ちから、なにごとにも負けないハングリー精神が宿ったのだろう。勉強だけは並だったが……（笑）。

ハングリー精神というのは、物に満ち足りた現代においては育みにくいのかもしれない。まえがきにもあるとおり、私の働き方は今の時代なら〝ブラック〟とすら言われてしまうだろう。物を作れば売れる時代に、増え続ける需要にこたえるために作りまくっていたのだし、次々に起こる問題にも対応せねばならなかった。だが困難があればあるほどそれに打ち克とうとするのが私なのだ。先代社長への感謝の気持ちから突き動かされたことも事実だが、なによりも私がここまで打ち込んで働いてきたのは自分自身のためであったと言い切れる。なにしろ私は負けたくないのだ。それこそが仕事のモチベーションであったといっていい。

そんな気概のある若者が、めっき業界にどんどん入ってきてくれればいいなと思う。なにしろ現代の物づくり業界は斜陽産業といってもいいくらい、危機に瀕しているのだ。

めっき業界で一番の問題は後継者問題、さらに人材不足、環境問題などが最重要課題である。また、それによる組合員の減少も深刻だ。昭和50年代の東京都鍍金工業組合員数は、1200社ほどだったが、現在では280社に減少している。東京都以外の全国で見てもたったの1220社。特に環境規制の厳しさ――土壌汚染と排水規制に策を講じることができず、そのうえ後継者がいないため廃業していくめっき工場が多いのだ。個々に良い技術を持っていながら、それを継承することなく終わっていくのは非常に残念なことである。廃業する工場が土壌汚染されていなければM&Aの道もあるが、あまりにも土壌が汚染されていると所有者の責任なので莫大な回復費用がかかり、後継者はリスクを負ってしまう。そのため、その工場を傘下に入れようという企業がなかなか現れないのである。

また、高騰する人件費に悩んだ末、コストダウンを目的として大手企業が海外に工場を建てて出ていってしまうことも問題だ。するとその企業と取引のあった加工業者など50社くらいの企業が国内で不要となってしまうのだ。これには何にも代えがたい技術力で対抗するしかないが、それもまた後継者問題とリンクしているという悩ましさだ。
加えて、2020年からのコロナ禍である。我が社もバブル崩壊以来の落ち込みを記録したが、とにかく企業努力で耐えるしかない。まだまだ私も、若手とともに現場で踏ん張っていく所存である。

私がいつも心に刻む、自作の座右の銘をもって、本書の筆をおきたい。

めっきとの出合に感謝
めっきと言う職業に感謝
めっきを天職と思う

文中にご登場いただいたすべての方々に、このご縁を感謝いたします。

2021年7月　苅宿充久

本書における商号の記載については、一部の場合を除き法人格の記載を省略させていただいております。

装丁・デザイン：有限会社シンプル
編集：岩佐史絵　片桐勉
写真：苅宿充久　三共鍍金株式会社
撮影：岩佐史絵　松永光希

苅宿　充久（かりやど　みつひさ）

1949（昭和24）年福島県相馬市生まれ、埼玉県川口市育ち。家が貧しく、病気の父の代わりと自らの学費のため、16歳で勤労学生に。三共鍍金株式会社にて“めっきの技術”を学び、先代社長の遺言により社長に就任。独自技術『サンキョウコート』、『サンキョウハード』などを創出し、その功績により2020年「現代の名工」に選出される。東京都鍍金工業組合理事長、東京都鍍金工業組合高等職業訓練校（めっき学校）校長も務める。2021年より全国鍍金工業組合連合会会長に就任。

努力は実る、実らせる
～見習いから現代の名工へ～

2021年８月24日　初版第１刷発行

著　者　苅 宿 充 久
発 行 者　中 田 典 昭
発 行 所　東京図書出版
発行発売　株式会社 リフレ出版
〒113-0021　東京都文京区本駒込 3-10-4
電話 (03)3823-9171　FAX 0120-41-8080
印　刷　株式会社 ブレイン

ISBN978-4-86641-450-8 C0095
Printed in Japan 2021